続 歳月の彩り

田山準一

アーツアンドクラフツ

目　次

カバー写真◉表・望月英夫
裏・筆者

続　歳月《としつき》の彩《いろど》り

いさば界わい

いさば今昔

三崎人は魚市場をいさばという。マグロ延縄《はえなわ》漁船をなんぶねという。三崎のいさばは日本一のマグロ市場だった。二十二年のあいだ、わたしは、いさばを職場とした。

わたしがいさばで初めて手鉤《てかぎ》をにぎったのは昭和二十六年（一九五一）九月だ。今の建物のいさばではない。その前の木造の建物だ。薄暗いいさばの中で、たくさんのマグロが威張《えば》って寝ころがっていた。氷蔵マグロだ。

そのマグロの群《なぶら》をまたいで走る仲買人《かいにん》の目は、どれもこれも血走っていた。もうかってしょうのない時代だった。

船主も、三〜四年に一度は船を新しく大きくして乗り換えた。貫匁《かんめ》三百円（一キロ八十円）の売り値で採算は合った。貫匁四百円のマグロを釣ってくればウハウハもうかる。沖に乗り出しさえすれば釣れた。資源がどうのとかいう考えは最初《はな》からなかった。船主は次々に船数《ふなかず》を増やし船を大きくした。三崎の土地のあちこちに目をそば立たせる船主や船員幹部の豪邸が建った。

魚問屋の力も強かった。いさばいっぱいに並んだマグロを睨み据えて有力問屋の旦那は言い放った。

「いさばに揚がったマグロは船主のもんじゃねえ、俺のもんだ。売りについて四の五の言わせねえ」

仕込みの世話も船員の募集も、何から何まで船主は問屋にまかせた。面白い商売ができた。仲買の元気もよかった。

生鮮《なま》が冷凍になって、商いの流れはがらり変じた。

氷蔵マグロの場合《ばあい》、色めは一尾ごとにちがう。まっ赤なのもあれば黒いのもあった。へたをすると氷切れの、皮肌は茶色、ガスは充満、叩くと太鼓のような音のする腐敗物《くされもの》まで並んでいた。今はそんなマグロは見たくても見られない。そんなわけで、一匹ずつ引っくりかえしこっくりかえし、品質を見分けないと評価できない。

ところが急速冷凍のマグロの身はぜんぶ赤い。一尾ずつ品定めをしなくていい。さらに陸上《おか》の冷凍庫《くら》で保管できる。新しく商売をはじめた仲買は、これにいち早く目をつけ、まとめ買いをはじめた。従来の流通機能は、あとかたもなく崩れた。

問屋も仲買も最初のうちは実のところたかをくくっていた。

「あんなどしろうとのやり口は、俺たちプロの商売じゃあねえ」

ところが一船買いの定着するにつれ、新勢力は旧買人の商圏を食いちぎりだした。体制派はあわてた。あらゆる手だてを講じてこれを阻もうとした。流れは止めようにもとまらなかった。一船買いは日増しにふくらみ、主流の座を奪うに至った。金がダブって余って使い道に困っていた商社など大手企業は、一船買いに参入した。

ちょうどそのころ、日本国じゅう、オイルショックに見舞われた。不況はマグロ相場を二年ちかくも下げつづけた。規模拡大一本槍で収支のつじつまを合わせていた地元の代表的な一船買い業者は、商社の金と情報力に敗れ、つぶれた。その後の一船買いは、商社の専横となった。

あまりの寡占に恐れをなした船主らは徒党を組み、商社の保管庫前に群れて大漁旗《おおばた》をふりまわし、声たからかに一船買い反対を吠え、デモった。今は昔の語り草に過ぎない。

三崎のいさばは、かたくなに商社の参入を拒みつづけた。入港する鮪縄漁船《なんふね》の数は日ごとに減った。白く乾いたいさばの水揚場《たたき》は、いたましい。

時代は変わった。なんふねは今、この瞬間も休みなく洋上でマグロを追いつづける。日本人はマグロの刺身を望んでやまない。三崎のいさばが再び脚光を浴びる時機は必ず来ると、わたしは信じる。

大正から昭和にかけて、三崎は寒村だった。にもかかわらず、全国のプライスリーダーとして「マグロの三崎」の繁栄をもたらした素因は、いったいなんだったか。

草創期は、問屋も仲買も、さほど金はなかった。地盤もなかった。あったのは「やる気」だけだった。やる気と才覚で金をつくり地盤をつくった。船の衆の労苦をねぎらい、お客として大切にした。彼らの獲ってきたマグロが、もし法外な安値で取引きされそうなときは、自分のふところ勘定が損失《さがり》になっても買い支え、船の衆の納得する仕切りを書いて渡した。いさばに並ぶマグロは、お宝として大切にあつかった。一尾ずつ戸板に乗せて売り場に運んだ。

昔を今に、そっくりそのまま真似たらどうか言うのではない。今も昔と変わりなく、繁栄の原動力は、どうもこのあたりにあるのではないか、と言いたいのだ。

昔は特色のある人たちがいさばを のし歩いていた。声は野太く高く、笑顔より怒りの目が多かった。やる気満々の野人だらけだった。こうと思ったら梃子《てこ》でも動かぬ頑固さも、受け容れる素地がいさばにはあった。

今のいさばの衆は細めの声でやさしくつぶやく。やわらかなものごしで外来者《よそもの》に接する。都会人ならそれもいい。だが、はたして それだけでいいのか、ふと そう思うこともないではない。

（一九九〇・〇一　三崎船長漁撈長協会刊〔航跡〕四〇三号に掲載）

賢人鼎談《ていだん》

しかめっつらの三人、ぶ厚い書類を めくる。

「くたばるの 分かってる病人みたいな公社に、カンフルのつもりで補助金 打《ぶ》ったって無駄ですよ。精算事務の予算を計上しますか」と、係長。

「そんなことしたら、俺のクビ 危ないよ。借金で自宅《うち》 建ったばっかなのに。そんな勇気 俺にはない」と、課長。

「それなら わたしがクビをかけて」と、係長。

「よしてくれ。お前がクビになったからって、直属上司の俺のクビが安泰かどうか、保証は どこにもない」と、課長。

「現場維持。よくもせず、わるくもしない。時勢の流れに逆らわず議会を通しとけば、誰も傷つかない。待つということも大切だよ 君」と、部長。

「上役 お二人に押さえ込まれてしまって後味《あとあじ》わるいが。じゃあ、そうしときますか」と係長。

ちぎれ雲。鳴いて飛ぶ海鳥。


（一九七四・〇三）

えにかいたばけもん

大手企業が資金《かね》と冷凍庫《いれもん》を用意し、船が港に はいるのを待たず品質《しなもん》も見ないうちに何億円になろうとお構いなし、前金を打って積荷ぜんぶ買い仕切るやり口を頻繁《ばんたび》やるようになり、市場《かし》に揚がるマグロは段々《だんだ》と減った。

市場に並んだのを一本っつ手鈎《てかぎ》でこねって買う生鮮《ナマ》の頃と少しも変らぬ商売を、そのまんまつづけている連中は 流れに取り残され、ふところ勘定は日増しに淋《さむ》しくなる。

合併による規模拡大や経営の合理化などの考えを急ぐところだが、

「そんなこん、絵に描《け》えた化物《ばけもん》だい」

ヴィジョンの追求も妖怪に見えるようでは心もとない。

トインビーは言った。

「国家であれ 民族であれ 内に創造力の失われた、まさにその瞬間から衰えは始まる」

（一九八〇・〇四）

月給とりのいやしさ

港の周辺では船主と名がつけば昔の殿様のようなものだ。一国一城の主《あるじ》であり、特権階級であり、貴族意識は濃厚となる。

「地球は俺のために回っているらしく、ともすると自分の会社の従業員などを、「飼ってやっている」と思っている」臆面もなくそう言う。

命がけの苦しみを味わい財をなした船方《ふなかた》あがりの船主に、この傾向は強い。

二代めも、ときにこんなことを言う。

「奴は頭もいいし弁も立つ。だが、月給とりの卑しさがある」某市会議員を噂しての話だが、かたわらに何人もの給料生活者がいる場所で、こうした話ぶりを わだかまりなく言う。

無神経なことばつかいに、にくしみは、こみあげる。

（一九八〇・〇四）

とうふのかどにあたま

魚市場《いさば》の衆は表情 ゆたかだ。自由気ままに生きているからだ。金まわりのいいせいもあるだろう。

だが、まれに感情をおもてにあらわさない御人もいる。

「あの船主《おやかた》、よかろうがわるかろうが なんてこたぁねえ。年中豆腐《ねんがらとっぷ》の角《かど》に頭ぁ ぶっけたような顔してらいる」やわらかい豆腐のかどに頭をぶつけたって、痛くもかゆくもない。

その反対もある。

「あんだって、ついさっきまで なんだかんだ、こうまっこい（些細な）ことせぇってらいたと思うと、すぐにもう、へえ、相場ん安《やし》いだなんて泣《ね》えてらいる。やりにくくってしょうがんねえよ」

ひと様々だ。


（一九八〇・〇四）

二宮尊徳

粒々辛苦、一代にして財をなした船乗りあがりの船主《おやかた》、目の前に道楽息子を坐らせて説教。

「てめえみてえに暇さえありゃあ競輪競馬、酒に女に博打《ばくち》にマージャン、ゴルフ、ボーリング。そんな奴ぁ としぃくってからろくなこたあねえぞ」

貧乏ゆすりの息子、まじめに聞いていない。

「むかし 尊徳《そんとく》様は 背負板《しょいた》に薪結《たきぎゆわ》えて 金もうけ考《かんげ》えながら本を読み」

「おやっさん、あいつぁ世間さまん あがめたてまつるほどの人《もん》じゃねえよ」

「なにぃっ」

「だって そうじゃねえか。度々《ばんたび》他人の山に入《へえ》りこんで薪《もしき》かっぱらっちゃあ、売り歩き」

「この罰当たりが」

いかったおやじ、火箸をぶつけた。あわてたせがれ、はいずって逃げる。

転げた薬缶《やかん》の灰神楽《はいかぐら》。


（一九八〇・〇六）

中年の腹

夏ともなると上半身裸《はだか》の魚屋もいる。

「ようっ、その腹の皮どうしたい？」

「金え貯まんねえでからに、胆石《いし》ぃ溜まってまったい」

「それにしても、並みのたるみようじゃねえな」

「いいじゃないか」（テレビのコマーシャル）

「中年んなんと、きたねえやりくちで集めた銭《ぜね》やらなんやら、どぶどぶしたもんがどうしても下腹部《したつぱら》に沢山《おんめろ》たまってまって、狸みてぇな面相《つらつき》んなる」

「うるせえな。しょせん世の中せえのはタヌキとモジナのだましっくらだ。なんだかんだせえったってもうければ皆んなしてあがめたてまつる。損しりゃあ野良猫だってソッポ向いてまう。無駄口たたくまがあんなら懸命《しやかりき》んなって精出《せえ》しゃがれ」


（一九八〇・〇八）

ぬすっと商売

「えらく顔色んいいな。もうけただんべ」

「顔色んいいのは血圧のせいだい」

「あんだってぇっ おうつ、イッパチやニイゴウ（一キロあたり百八十〜二百五十円）の魚買《いお》っときゃがって、ナナマル・ハチマル（同 七百円〜八百円）で売っぱがしてやがる。盗人《ぬすっと》みてぇな輩《やいども》だ」

二倍の高値で売れることを「折りっ返《けえ》し」と言う。相場の上昇期《あがりばな》には こういうこともある。逆もある。下げ相場には、へたをすると半値になってしまうことも稀にはある。こんなときは、

「半分、もどってこねえ」大の男がべそをかく。


（一九八〇・〇八）

ダボハゼみたい

「随分《ずいぶ》と忙しそうだな。牛若丸みてぇに あちこち まなしに飛びまわってるでねえの」

「最初《はな》っからこんなだじゃ どうしようもねえよ。昨日《きんの》は終市《おわり》頃んなってからに魂消《たまげ》た急騰《しりっぱね》。今朝は今朝で軒並《とろっぺし》 ハチマル キュウマル。買いてえけんど薬缶《やかん》の茹蛸《うでだこ》、手も足も出ねえ」

「地方発送《いなかおくり》の仲買《やんども》、躍起《めすり》んなって引っ掻き集めてやがる」

「競売場《せりば》出しの連中《やいども》まで提灯《ちょうちん》つけてよ」

「三崎は調子者《のぼせもん》が多いっからなあ」

「ダボハゼみてぇに なんにでも喰らいつきゃがる」

「安《やし》いときだらニマル（キロ当たり二百円）でも引き取らねえ尾部《げそ》のこけた下等魚《ガリ》をよ ピンピン（キロ千百円）だなんて、眼球《めんたま》ぁ飛び繰り出るよな価格趨勢《そうばつき》だ」

「解凍《とけ》たら正体 ばれてまって 誰《だい》も見向きもしねえ品質《みあんばい》だてえなのに なあ」　（一九八〇・一〇）

びんぼうがみ

「なんだ、なんだい。君達《わいら》いい若者《わけえもん》が、そんな場所《とけ》ぇ しゃごたんでまって。あにやってやがんだ」

「寒《さぶ》いっから甲羅《こうら》干しだい」

「あんまし旨えもんばっか食ってからに栄養失調んなってまっただんべ」

「わりい冗談せえなよ。こっちゃあ逆さに振っても鼻血も出ねえや。お寺さんと同《おんな》し、文無し（無紋）だい」

「東京《おえど》の相場 上昇気配《きやきや》してきたせえぞ。下検分《したみ》やる気んなっちゃどうだ」

「けっ、見なねえ、象が氷 背負《しょ》って、おっかしげんなってまってんような大目鉢《ドタバチ》。たまげて小《ちゃ》っけえ小目鉢《ダルマッコ》。こんな愚物《えてもん》、鋭意《やしやし》やったって利得《げえ》もねえや」

「貧乏神えいっ、気の毒を絵に描いて額縁ん おさめたみてぇな面《つら》つきしてやがる」

「ふだけやがんな。ひとを晒者《さらしもん》（笑い者）にしやがって。見てやがれ 貴宅《てめっち》 火事んなったら、水うかけねぇで 油ぶっかけてやる」

一時《いっとき》 三崎市場《いさば》は、良品を築地にさらわれ、二級品《つぎしな》ばかり上場する時期があった。（一九八〇・一二）

やつあたり

所有船《もちぶね》の漁模様 思わしくない。誰かに突っかかりたいところへ、修理屋の若い衆、

「今日は《ちわっ》、これぇだの請求書、こけぇ置いときます。おねげえしま……」

船主《おやかた》の穏やかでない目付きに気づき、若い衆の話 擦り切れた。

「おめぇんとっから、なんか買ったっけかな」

「ええとに、修理で……」

「おお、そうか。こっちい あがんない」

「いえ、忙しいんで。また伺います」

からまれそうだから逃げ腰。

「そっちぃ忙しいたって、知ったもんか。こっちゃあ暇だ。よおっく検討して 値切んから上がれよ。

ゆっくりやんべじゃねえか」

言い様に窮して若い衆 へつら笑い。

「嫌だらこんなもん、いらねえやい。とっとと持って帰《けえ》りやがれ」

両手で請求書を くしゃくしゃに丸め、若い衆に ぶっつける。

修理屋の社長《おやじ》、若衆《わかいの》に代わって駆け足で来て、コメツキバッタを繰り返す。（一九八〇・一二）

アオサなめるフグ

「船主さんは いいですねえ。ひと航海すれば何億という水揚げ金が はいる」

「誤解ですよ。規模《がわ》は大きく見《め》えても中身は空洞《からっけつ》」

「男は黙って弁解しない」

「それに比べて問屋さんは いい。関係船《かたぶね》 入港するたんびに、船が損しようが得しようが文句なしに口銭が転げこむ」

「あたしたち仲買や問屋は、船主さんの海藻《あおさ》と水垢《みずあか》ぁ舐《な》めなめ生かしてもらってるようなもんです。財産といえば長靴、打ち鉤、それにマグロ箱が二つ三つ有りますか、あとは なんにもありはしない。お宅の船だって船底《そこ》の海藻《あおさ》舐める河豚《フグ》が居なきゃあ 早く走れない。まあ、末永く可愛がって下さい」

「お互いさま。人情として誰しも自分の田に水を引きたい。よろしく たのんます」


（一九八〇・一二）

いさばのごみ

「三日前《みっかめえ》に就職《へえ》ってきた あの なんとかいう若者《わけえの》、きょう 来てるか」

「休暇《とば》じゃ ねえのか」

「控室《たまり》にもいねえが」

「昨日《きんの》も仕事の途中で居なくなってまった」

「弁当箱《べんとばち》ん そのまんま かっぽりっぱなしだ」

「最初《すてっぺん》からこんなだじゃあ、もう へえ役ん立ちそうもねえな」

「尻《けつ》から煙《けぶ》 吐《へ》えてた 戦争中《せんそうちゅう》の木炭車《バス》みてぇなもんで、いくら押《おっぺ》したって停車《エンコ》してまったら梃子《てこ》でも動《いの》きっかねえような だったに」

「今のうちに馘首《チョン》してまったほうのが いいのかもよ」

最近の若い衆には、こうした手合いが多い。

だが、五十年一日《いちじつ》のごとく「いさばの塵埃《ごみ》」と言われながらも一途《いちず》に働き続ける老いた労働者《はたらきて》も、見ていて切《せつ》ない。


（一九八一・〇四）

ちょんぼ

「おっちゃん、烏賊刺身《イカさし》かい？」

「夜食の副食《さい》に盗《ちょんぼ》みして来たい」

「仲買から怒らいるぞ」

「でえじょぶだ。あっちこっちの樽から一匹《いっぱい》っつ抜いてきたから」

「いい包丁《ほうちょ》だな」

「こねぇだうち 素人《しろと》に貸したけんが、切れなくなってまった。魚ん切れなくて 息が切れる」

「手伝おか」

「いいってこと。慣れねえ者《もん》に触らせんと 魚《もの》ぉ捏《こ》ねてまって 生臭《なまくさ》くする」

「そっちの鮪《シビ》ん刺身、いやに平べったく造ってあんじゃねえかぃ」

「人間の舌の大きさに ぴったし乗せられるように 平たく削ぎ切りにする。これが赤身の一番旨《うめ》ぇ造り方よ。覚《おべ》ぇとてな」

「おやっさん、何時《いっつ》も同《おんな》しこと言《せ》ってらいる」

「毎回《ばんたび》 おんなしこと訊くからだ。頭ん わりいぞ」


（一九八一・〇四）

医者の車曳き

売りを終えて事務所に上がってきた入札係に、しかめっつらの船主、口をとがらせ つっかかる。

「魚ん安《やし》いよ。こいじゃあ俺っちゃ船主は、軒並み倒産《つっく》んでまぅ」

「ご、ご、ごりごりした近海の鰹《カツ》の漁が出て、巻網《あみ》の黄肌鮪《キワダ》も入《へえ》りはじめました。接岸場所《つけば》もねえ混雑《ふなごみ》。冷蔵庫《くら》も満杯。どうしょうもありません」

「医者の車曳きぃみてえに悪《わり》いほうにばり、気が向いてまってる」

「水揚船《ふなかず》でも少ねえのなら手の打ちようもあるでしょうが」

「空家《あきや》ん向けて盗っ人に へえりこむような真似、年柄《ねんがら》年中 できっか」

無言。

「四つ卸《ヨツワリ》の連中《やいども》、景気 いいてえじゃねえか」

「団地を小売《はうり》してる幌馬車隊《ほろばしゃたい》のことですか。もうかるとなると誰《ごん》も彼《はち》もやりだす。もう下火です。

それよりか沖の釣獲率《ちょゆうかくりつ》落ちた聞きました。大丈夫ですか 親方」

「海の水の しょっぺえうちは魚は釣れる。余計な心配《しんぺえ》すんな」


（一九八一・〇五）

ねこなら化ける

「いぇぇいっ、いそがしそうじゃねえかい。お茶でも飲んでっちゃどうだ」

「たまには遠慮しません」

「顔色んいいな。もうかって しゃあんめえが」

「金があって暇があると、こういう顔になります」

「あんだって卸《おろし》売会社は 貰《もら》ぁ一方の商売《しょうべえ》だからなぁ」

「乞食か泥棒。よくって豆腐屋か新聞屋。世間さまの目が覚めきらねえ暗いうちからあくせく。並べた魚ぁ悪《わり》いと あんたがた仲買人《なかがい》から悪態《あくたれ》つかいて」

「仲買てぇのは銀蝿みてぇなもんで、もうかりそうなときゃあぶんぶん わんわんてって寄ってたかってからに。儲《もう》かんなくなるてえと 一人も寄っつかねえ、そう言《せ》えてえんだろ」

「貴方達《おたくさんたち》の弾《はじ》く算盤《そろばん》のごりごりした音。そばで聞いてると怖《こわ》くなるときがある。きれいというか汚いというか、浮っついた考えのほかの次元。金に対する異常なまでの執着。商人の意地、気迫を感じます」

「おめえさんも、この市場《いさば》に随分《ずいぶ》と長《なげ》えな。もう何年になる？ 人間だからいいようなもの、猫だらとっくに化けて出る年齢《とし》だに、ちっとも偉くならねえ。どうしたわけだか？」

「わたしの勝手です（テレビの台詞）」

（一九八一・〇八）

はなったれ

「おめっちの相棒、鐘馗《しょうき》さまみてぇな面相《つらつき》してんの、評判わりいぞ。奴の悪口《どくくち》きくと、わだかまりなく『なるほど』と思っちゃうから不思議だ」

「悪口 たたかれるくらいでねば 後世に名を残せません。他人さまになんのかんのか、の毒口たたかれるのを生きがいにしてるんでしょう」

「あいつと目が合うと思わず帽子とって最敬礼したくなる。たった今、檻《おり》から抜け出てきたような、とって喰われちまいそうなつらだ。泣《ね》えてる幼児《がき》が泣くのをやめて すっ飛《と》って逃げてくような目だ。あいつと駆け引きすんと毎回《ばんたび》損がいく。気儘放題《さらほさら》にされてまう」

「考えすぎですよ。賢人《インテリ》の弱点というか……」

「いくら弱っかい鼻ったれだって、まなしにぶったたかれてりゃあ、泣くたんびに段々《だんだ》と強《つお》くなる。しめえには俺だって何すっかわからねえぞ。あとでわれながら後悔するようなこんでも、いざとなりゃあ……」

「わたしは、怒りっぽい人とは商売しないことにしてます」

（一九八一・〇八）

官尊民卑

漁協の事務所。役員室のドアを開ける市議会議員。

「組合長、例の役人の件で、たった今 代議士先生のとけえ 行ってきました」

「お手数をおかけしました」礼を言う事務主任。

「どうだった？」と組合長。

「先生ご自身が本省に出向いて話されたようです」椅子をずらして座る。

「様子《ようす》見《み》がてら あの役所に寄って来ました」出された お茶をする。

「あの頑固《がんこ》者《もん》、まだ怒ってましたか」乗り出す事務主任。

「あにが、ひどく元気 ねかった。上のほうから こっぴどく締め上げられただよ きっと。先生が東京の偉い手に『もっと民主的にやれ』せってハッパかけた。『そこまでやるとは思わなかった』だと」

「こっちだって、それまで手をまわしたくはなかったんですよ。ねえ、組合長。てんで訳のわかんないことを頭かぶせに言うもんだから、仕方なくお願いしたんです」

「役人とは あんまし喧嘩すんなよ。先生に頼めば、そりゃあ てっとりばやくカタぁつくのは分ってんだけんど」

「あと、どう礼したらいいか ですね」

「そんなこと、おめえ。あの先生は真面目一方の人で、ほんとうに地元のこと考《かんげ》てやってくれてんだだよ」市議会議員の船主、胸をそらして言う。

「そのとおりよ。だからこっちも選挙ん なんと仕事ぉおっぽりだして応援してんだ」

と言った組合長、事務主任のほうを向いて、

「おめぇさんなんか、演説ん うめえから、もっとも好きも好きだけんどな、めえんちのように出かけっぱなし」

「机に座ってると どなられちまう『(選挙運動に) まわれ まわれ』言われて」

事務主任、ささやかに抵抗。

「あの所長、『代議士先生にまで言いつけなくても』って ぐちってました」と市議会議員。

「そんなにまでするつもりはなかったんですよ。最初のうちは、こっちも辞を低くして何度も頼んだんです。沖縄船が三崎に直接入港したからって社会に悪い影響、与えるわけではなし、それに乗組員は日本国籍を持つ沖縄県民なんです。なのに 外国船なみに『横須賀港に船を回さないと入港させない』言って のっけからどなるんですから」

「ほかの役所は三崎に直接入港するのを許可してるんだろ？」

「そうなんです。だから余計に腹が立って」

「なんか、おめえ、理屈でもこねて、口返答したんじゃねえのか？」

「すこしは言わしてもらいましたよ、しゃくにさわったんで」

「なんてっただ」

「あんまり法律 法律 言うもんで」

「だからなんだ言《せえ》っただ」

「お役人である貴方は、当然 わたしより法律のことは詳しい。だが国民のための法律である以上、社会情勢の変わり様で内容も動くものと考える。公序良俗に反しない事柄であるなら、担当官の自由裁量が許されているはず。そこのところを斟酌して、なんとかお願いします。そう頼んだんです」

「なんて 言《せえ》った相手は」

「六法全書を放り出して『法律のどこにそんなことが書いてあるか言ってみろ』って、どなるんです」

「変った男だな」

「まずは、こらえて頼んだんです。『わたしに詳しいことは分からない。ぜひ教えてください』そしたら なんてったと思います？『法律のなんたるやを知らぬコンマ以下の者に教える暇はない』ですって」

「そいで どうした？」

「わたしもこれには かっとなりましたが、気持ちを鎮めて、なおも頼んだんです。三崎と同じ立場の焼津の様子を聞いたところでは、従来から直接入港を許してもらっている。貴所《こちら》の前の所長さんも『内部通達で便宜措置がとれるだろう』と おっしゃっていた」

「そうなんだよ、なあ」

「所長のお仕事が し易いように、民間サイドからの陳情書も提出したい。地元出身の代議士先生にもお願いして中央にも働きかけていただく。効果的な方法を教えて下さい。そのように頼みました。そしたら……」

「どうなった？」

「そんな小細工してみろ。ここはほかの官庁と訳が違う。貴様の会社を代々の所長引継ぎ事項にして徹底的にマークしてやる。そのつもりでおれって」

「極端な男だな」

「ハシニモボウニモカカラナイので、その日はそのまま引き揚げたんですが、それから二〜三日して、先生がお忙しいなかを、わたしどもの陳情書を直接、その所長のところに持って行って頼んでくれました」

「そいで決まりだろ」

「とんでもない。すぐに漁協《ここ》の担当者に件《くだん》の所長は電話してきました。『陳情書を、すぐ取り下げろ。でないと、どんな結果を招いても知らんぞ』凄んだんです」

「そんなこと言《せ》えやがったのか」

「先生にこのことをお話ししたところ、あの温厚な先生もさすがに怒りました。『代議士の仕事は法律をつくることだ。同時に、自分たちのつくった法律が、どのように実施されているか監視する役目もある。その儂《わし》が持って行って頼んだのにもかかわらず、無視する態度をとるのなら、よし、法務委員会で糾弾する』そう、おっしゃいました」

「先生は今、衆議院の法務委員をなさっておいでです」

「そうなんです。『納得のゆく説明がなければ法務大臣を喚問する』とも言っておられた。ちょうど今、沖縄返還問題で騒いでいる最中ですから」

「これを聞いた本省の部長は、すぐ例の所長を呼びつけた。『受け取った陳情書のたぐいは、本省に上げて伺いを立てるべきところだ。出先の分際で なんで取り下げろなどと言った。釈明書を書け』とことん締め上げられた」

「こっちで頭ぁさげて頼んでるうちにやってくれりゃあ、こんなおおごとんならずに済んだのによ」

「こないだの土曜日の午後、横浜の次長が漁協《うち》の事務所に来られました。腰の低い人でした。代議士先生の動きに随分と気をつかっておられる様子でした」

「前もって連絡があって、わしも待機していた」と市議会議員。

「穏便に済ましていただけるように代議士先生にお願いしてください、そう言われて」

「白髪まじりの品《ひん》のいい人で。気の毒になってしまいました」

「そのけんでやめといたのん いいよ。所長も ちったあ 考えなおすだろ」

「先生は『私に任せておけ。処置する』って、おっしゃってましたが」

「今でもあの所長、ほかの業者にまだ強がりを言ってるらしい。『俺は横須賀の アメリカ海軍の司令官でさえ とっちめて、始末書を書かせたほどの男だ。あとには引かん』そんなことを吹聴して」

「そのうち しょうがんなくなって こっちの思うふうに動《いの》くよ」

（一九八一・一〇）

いかさま

「あの社長、上手だってねえ マージャンが」

「特技を持ってるから」

「なんだね、それ？」

「隠しパイの技《わざ》ですよ」

「？」

「つまり あなた、マージャンて いうのは、かわりばんこにパイをひとつっつ取るでしょう。それを時々、す早く ふたっつ、つかんで隠しといて、いざというときに使う」

「それじゃあ いかさまだろうが」

「分かってるんですよ みんなが。分かっていないと思ってるのは本人だけ。分かってるんだけど、だまって賭金《かけがね》巻き上げられてる」

「？」

「わたしなんか、船をつくるとき、借り入れの保証を金融筋にしてもらわんとならん。仕込み屋とか修理屋とかは仕事をまわしてもらいたい一心……」

「？」

「だから、あの社長に誘われると、みんな ぞっとする。だけんど逃げきれない。しょうがなく付き合ってるんです」
「どうも意気地《いくじ》のない人ばっかちだ。あの社長だって、金え使いきれないほど持っているはずだに。市議会に立候補したときなんざ 立派なこと言《せえ》わいてるけんど 見ると聞くとでは大違いだ。天下広しと言えども最低の社長だな」
「ところで、さっきっからあなたの脇で、にこにこしてらいる人《しと》、誰です？」
「興信所の人だよ」
「あっ、ひとのわるい。ひっかけたね、この俺を」

（一九八二・一〇）

木曜会

ペルー沖のバチ・キワダは競《せ》り場で人気があった。強いフンボルト海流に揉《も》まれ身が締っている。海水温も低いから脂《あぶら》も乗っている。多くの船は十一月に帰港した。

一船《いっせん》買い業者は暮正月の大相場を狙って勝負を挑む。

まずは、よく冷える倉を予め確保する。冷える倉でないと品質《もの》は長保《ながも》ちしない。誰もが安心して入れられる倉は少なかった。

次に、最初に入港する船に当たりをつけ、高値で買う約束を取り付ける。

競争相手に目のつかない辺鄙《へんぴ》な港で水揚げをし、その年の魚の身質をしっかり頭に叩き込み、二番船《つぎふね》以降の買いに 力の入れ様を変える。品質は毎年 変わった。エルニーニョやらラニーニァ現象で水温が上がり下がりするからだ。

こうした一連の動作は、情報量の多い荷受《にうけ》の競売人《せりにん》に負うところが大きかった。

＊

東洋商事《トーショー》㈱は一船買いの大手だ。三星商事《ショージ》㈱水産部の子会社だ。連日　大量に上場するトーショーには　荷受の連中も表《おもて》立って逆らえない。

が、たまには他の業者に情報を流した。図に乗って威張り散らすトーショーの若造に靡《なび》いてばかりいると（言い様に引きずりまわされる）おそれもないとはいえない。そこで、煮え湯を飲ませ、荷受の存在を分からせる。

この年のペルーの一番船《いちばんぶね》は、三崎の仲買のマルヨシが買った。

「話は当然　まず俺んとこに来る」

とたかをくっていたトーショーの角井《つのい》は逆上し、荷受にどなりこんだ。

「すんません。たまには　ほかにも荷をまわさないと吾社《うち》の立場も　ないので」

言いつくろいながら、

「次は貴社《おたく》に話を通しますから」

と言って直ぐ、二番船の引き合いをトーショーに持ってきた。

焦っていた角井は足もとを見られ　高値で買わされ、上役の中泉に　こっぴどく叱られた。

＊

マルヨシは豊洲冷蔵《トヨス》㈱に入庫を予定していた。トヨスもショージの子会社だった。

これを知った角井、

「マルヨシの荷は 絶対に入れるな」トヨスの村下営業課長に命令口調で言いつけた。

「そんなこと言われたって、もう だいぶ前に予約済み」村下は抗弁した。

年初の頃は、入庫の少ない時期が つづいた。トーショーの入庫を優先する約束でつくられたトヨスだが、これではメシが食えない。そこで村下はショージの担当者に相談した。

「そういうときは、他社の荷を探す努力をしなさい」

あたりまえだ、と言ったふうの返事が返ってきた。

そこで村下はマルヨシの荷を見つけ、入庫の約束をとりつけた。

マルヨシは三崎の仲買《なかがい》だった。一船買いもしていた。時にはトーショーと張り合う競争相手《コンペチター》でもあった。

角井は村下に食ってかかった。

「そんなことをして、どんなことになるか、わきまえているんだろうな」（今後、荷を入れてやらないから そう思え）そんな意味を口走って凄んだ。

＊

トーショーの言い分を呑んだらマルヨシとの約定を反故《ほご》にすることになる。双方の板ばさみになった村下は、親会社のショージに泣きついた。

ショージの言い様は意外だった。

「トーショーの声は天の声と思ってくれ」言うなれば、(理非はさておき、トーショーには従え)という。

村下は、ショージから定年でトヨスに天下りした取締役の佐藤に訴えた。

佐藤は言った。

「ショージ水産部は予算上、年千八百万円の交際費だが、事実上は三千八百万円も使っている。足りない二千万円はトーショーに肩代わりさせている」

だから親会社とはいえ、トーショーには頭があがらないというのだ。

村下は窮した。手の打ち様がない。やむをえずマルヨシに泣きを入れた。

「申し訳ありません。ほかの倉を探して下さい」

＊

マルヨシはいきまいた。

「俺んとこの保冷車十三台は、ぜんぶ三星自動車㈱から買っている。そんな横車《よこぐるま》押すんなら、トヨスの前にうちの保冷車をぜんぶ並べて入庫できないようにしてやる」

「三星系列《スリースター》の車は今後ぜったいに買わない」

「トーショーの横暴を、トヨスの前にマスコミを集めて騒ぎ立ててやる」

＊

三星グループのトップは、木曜日ごとに一堂に集まり情報交換をしていた。

三星自動車㈱の社長は、三星商事《ショージ》㈱の社長に苦情《クレーム》した。

そばで聞いていた三星重工業㈱の社長は怒った。

「ついこないだカズノコ事件で、三星グループに大きな汚点をつけた水産部だ。そんな部門は無くしてしまえ」

すっかり顔をつぶされたショージの社長は、水産部長に事件の詳細な報告を急遽指示した。

結果どうなったか。わたしの口ききで、マルヨシの荷は日本鰹鮪《ニッカツ》漁連の焼津冷蔵庫に収納できて、ことなきを得た。関係者から交々《こもごも》礼を言われた。


（一九八二・一〇）

桁ちがい〔ショウジOB談〕

「去年は、十一月までのトーショーの儲けは四十七億円だったが、十二月の下げ相場で五億円の損をした。差引四十二億円 残った。これは部長の外川から聞いた話だ」

中小企業《うすあきない》の仲買にしてみれば、縁遠い話だった。

（一九八六・一二）

しものせわ

「商社員は退職するとアル中になるのが多い。前に水産部長をしていた堀内さんは、ほとんど廃人で、排泄《しも》の世話までしてもらっているようだ。飲みたい気持ちはあるが、自分では飲めない。飲んでも味が分からないふうだ。トーショーの社長を辞めた井川さんも、強い酒を飲まないと眠れないらしい」

と話したショージOBの本人自身、胃を切って退院したばかりなのに、「飲むと ひりひり患部が痛む」と言いながら、それでも 飲んでいた。

（一九八七・〇九）

貸金回収法〔漁業者談〕

まず船主の顔を こっちに向かせることから始める。

一億円の貸金があり、どうしても取れないとする。そんな船主は、ほうぼうに借りがあるから、水揚げしたら ぜんぶ 持って行かれてしまって、手元に残る金はない。そんなときFJ商事㈱は、船主と裏取引をする。

「債権者が大勢 待ち構えている清水には入港させるな。真夜中に、用宗《もちむね》に入港させて、積荷の魚を全部こっちに寄越せ。そしたら一千万円をその場で渡す」と、船主に話を持ち掛ける。船主としたら、まとまった現金《げんなま》をくれるというのだから、この話に飛びつく。

もちろん話のついた時点で凄腕のお抱え弁護士が一切の手続きを済ます。夜陰に乗じ、積荷を頂き、ほとんどの債権を回収しちゃう。

こうしたテクニックは、おもての家業ではやれない。中小企業がやってできることだ。正攻法で構える大手は、すっぽかされて怒り猛る。あとの祭りだ。こうしてFJ商事㈱は商売を大きくした。

法律じゃあないんだ。素人の話では一銭も回収できない。

（一九八八・〇四）

情報の価値〈漁協役員談〉

相手が嘘をついている情報を別ルートから入手したとする。こちらが（嘘を見破っていない）と先方が思っていれば、こちらも知らないふりを押し通す。誠心誠意、先方を信用しているふりをして真面目に対応する。

その商談が先方の不実で結局は壊れ、まとまらないことが分かっていても、こちらは誠意をみせて尽くす。すると先方は次第に気持ちの負担を感じる。こうして精神的な貸しをつくっておく。先方はこちらに弱みを持つから、次の機会には、こちらの言い分に、聞く耳を持たざるを得ない。

船主なんてもんは野獣みたいなのが多い。飼い慣らすには飴と鞭を用意する。旨い餌をちらつかせ、たまにはいい思いをさせる。時には鞭の音を聞かせ炎を近づける。ただし追いつめてはならない。追い詰めると噛みつく。噛みつかれると痛い。

（一九八九・〇四）

はで好み〔仄聞〕

俺が試験場長をしたときだ。沖津のせがれが来て、「船主の宮本が三浦海岸でバーを開いている。派手に客を女給と遊ばせ、密告された。なんとかもみ消してくれないか」そこで、その筋の同級生に訊いた。「現状を見よう」ということになって、俺と同級生とで夜、行ってみた。

二人で店にはいったとたん、わっと女が寄って来た。そんなに広くない店なのに、女の数は多い。「社長は居ないのか」尋ねると、急に女たちは他人行儀になった。

翌朝、宮本が俺んとこに飛んできた。しきりに弁明する。「バーであれば客のそばに侍《はべ》ってもいいが、午前一時には閉店しなければならない。スナックだと朝の四時まで営業できるが、カウンター越しでなければ接客できない。どちらかにしたらいい」その筋の同級生に聞いたままを助言した。

しばらくして沖津から、彼の自宅に招待された。ホステスが五〜六人来ていた。豪勢なもてなしに驚いた。商売が傾き加減なのに、水揚げに清水まで行くと、あいかわらず派手に乱費しているらしい。

（一九八九・〇八）

夢

漁撈と冷蔵作業をロボットに任せた無人漁船数隻を、母船は遠隔操作する。

人を減らせばコストは下がる。

コンテナ船は、これらの荷を鮮魚《なま》で三崎に運ぶ。

生鮮での長期保存が可能になる。冷凍よりなまのほうが旨い。

養殖生簀《いけす》に隣接した高層ビルには、加工場、直売場と共に、先端技術を駆使したザリガニ養殖工場を併設する。

今は洗い流されている魚の切り屑や定置網で獲れる売れない雑魚が餌として活用できる。

育ちが早く赤身の旨いキワダの養殖を手がける。

ザリガニの釣り場を併設した観光施設からは、女子供の笑いが絶えない。

子供たちは真っ赤くて元気のいいザリガニが大好きだ。集客力は大きい。活き海老の土産として人気も出よう。

人々は落ちついた時を楽しむ。そんな港町に戻ってほしい。

市場人に幸あれ。


（二〇一三・〇三）

いさば用語選

あいたい　相対取引。

アオ　青鮫。

アオマカ　青真梶木《マカジキ》。西マカジキ。大西洋で獲れる小型のマカジキ。身質は良い。

あかじろと　赤素人。まるっきりの素人《しろうと》。

アカッツル　身が赤いだけの特色のない安価なマグロ。赤べロとも言った。

アカベンチョ　弁慶蟹。怒りっぽくて直ぐ真っ赤になる人の仇名にもなっていた。

あかまっか　赤色の強調語。

アカメカ　赤女《アカメ》梶木《カジキ》。メカジキは白身が普通だが稀に赤身もあって、刺身用に高値で取引された。

あぐり　揚繰網。巾着網《きんちやく》ともいう。旋網《まきあみ》漁法の別称。

あけいち　明け市。休日あとの市場の始まり。相場が動き易い。

アソート（ａｓｓｏｒｔ）　魚種別区分。一船買《いっせんがい》の評価資料。

あちらもの　舶来品。外国産品。輸入マグロ。

あぶらもん　脂肪分の多い魚。

あめいち　雨天の市場取引。雨降りは相場安。湿りけの多い入梅どきも安かった。じめじめした陽気は刺身を食べる気になれないからだろう。

あやまり　落札品の引き取りを取り消す申し入れ。確かな過ちの入れ札であれば売るほうも承知できるが、相場の読み違いのあやまりはいざこざを起こした。

あんぶね　網船。旋網《まきあみ》など、網を用いて漁をする漁船。

あんまし　あまりに。

いいもりしばらのけえばうま　飯森芝原（地名）の競争馬。猪突猛進をいう。

いお　魚。

いかい　大きい。

いかつい　ごつい。

いくたり　幾人。

いさば　魚市場。

〔参考〕東北では漁場を「いさば」という。魚介類の小売り場を「いさば」という地方もある。

いさばもん　魚市場関係者。

〔参考〕昭和十年代までは、一般人とは異質の人たちと思われていた。①礼儀をわきまえない。

②勝手きままな振舞い。③金銭本位の考えが濃厚、などが主な理由。これは仲買業を営む家族から聞いた。

医者の車曳き　悪い方角にだけ向いて走る様。現在でいえば救急車なみ。転じて下向き思考の譬え。

いっせんがい　一船買い。一尾ごとに品質と重量を確かめて値付けをする「現物取引」でなく、漁船一隻分の総量を、まとめて買い仕切る「情報取引」をいう。一船買いが定着して、産地市場の影も薄くなった。

いっちょづけ　一丁つけ。一の単位（一円、十円、百円など）の加算。

いっぱい　一隻（船の数え方）。二隻は「にはい」、十隻は「じゅっぱい」。

一杯飲み屋のおやじとおかみ

〔例〕「船主と魚商は一杯飲み屋のおやじとおかみ みてえなもんだ。喧嘩ばりしてたら客は寄っつかない」

イトシビ　糸鮪。キハダのこと。

いりふね　入港船。

いれもん　容器。冷蔵庫。

いろだし　発色。

うええら　おまえたち。

うすごうせん　薄口銭。安い手数料。
生まれと育ち　魚の獲れた場所と漁獲後の脱血・予冷・冷蔵処理。
海から三里　海岸線から陸に向けて三里（十二㎞）の範囲の民家は必ず出刃包丁を持っている。
つまり魚をよく食べている。だから「魚がよく売れる場所」という言い伝え。
海の水のしょっぺえうちは魚が釣れる　「資源は無限」と信じる漁業者の思い込み。
うらさくせん　裏作船。昭和三十年代、北洋サケマス漁船が、冬季半年間の裏作としてマグロ漁に来た。九十九トン型の小型漁船。サモアにも行った。
売りまわり　売れ行き。相場の推移。
売れ口　消費状況。
うわばなれ　上離れ。急上昇の相場。
うんならかす　勢いよく動く。
えてもん　猿がしこい奴。いやな男。
えにけえたばけもん　絵に描いた化け物。（画餅との対比）
えらいて　偉い人。上役。
おおあきない　大商い。大量売買。
おおそうば　おおざっぱに見た相場の動き。
オオトロ　脂肪分の多い高級マグロの刺身。往時のマグロ通は「天下の三方《さんかた》の食べ物」と蔑んだ。

ここでの天下の三方は、土方《どかた》・馬方《うまかた》・船方《ふなかた》。
おおめ　大目網。網目の大きな刺網漁。近海マカジキ漁に使われた。
おおもの　大きな魚。マグロ・カジキ類。「ふともの」ともいう。
おかもん　陸上の人、または陸上勤務者。（船乗りとの対比）
沖買い　現物を見ないまま入港前に情報買いをする方法。生鮮魚や冷蔵魚の時代には無かった。
冷凍魚の時代になって、商社等が沖買い（一船買い）を始め、三崎市場の扱い量は減った。
送り　出荷。
押し相撲は守りに弱い　攻めに強い商いは、守勢に変じると脆《もろ》い。
おぞい　おぞましい。ずるい。
おっかしげ　奇態。怪訝。
おっこくる　押し倒す。
おっとし　一昨年。
おっぺしょる　くじく。
〔例〕出鼻をおっぺしょっとく。
おっぺたんこ　見栄えのしない平坦な顔つき。
踊り場　荷捌台《にさばきだい》。漁船から水揚げされるマグロを冷凍車に積み込むための組立式作業場。
おやかた　船主。

おらす　撒く。

〔参考〕昔、地元の漁師は春、こませ（イワシの切り身）を撒き、相模湾奥から回遊《まわ》って来る瀬付《せつき》の大キハダを釣った。おらし縄と言った。飼付漁《かいつけりょう》。

おりっけえし　折り返し。仕入れ価格の二倍に売れること。角兵衛《かくべえ》（ひっくりかえる角兵衛獅子の振《もじ》り）とも言った。稀に三倍に売れると「三角兵衛」と言った。

おろし　卸売り会社。荷受《にうけ》ともいう。船主または商社が売りを任せる企業。荷受は買い手に代わって売上金を売り手に払い、販売手数料を売り手から収受する。売り手は仲買（中小企業）への代金回収のリスクを回避できる。

ガアタ　見た目の大きさ。図体。

〔例〕「ガアタばか　いかくめえても　なかみゃあカラッケツ」。外見は大きく立派に見えても中身は　まるで空洞。風船みたいな企業体。

かいさつ　開札。入れ札を開いて落札者を決定する。

買いつけ　委託買い付け。

かいとう　解凍。硬いマグロは安かったので、冷凍マグロに水をかけ、一晩《ひとばん》おいて柔らかくしてから、朝の入札にかけた。緩慢冷凍（凍結四十度・保管三十度）の頃だ。昭和三十年代前半から始められ、昭和四十年代半ばに終わった。解凍物は当時、三崎市場が日本で一番の高値をつけた。築地や焼津からも荷が三崎に運ばれて来た。市場いっぱいに並んだ冷凍のマグロは海水のシャワーを浴び、体《からだ》全体から真っ白な蒸気を吐いて溶けた。荘厳な光景だった。解凍プールをつくった船主もいた。溶かす場所のない船主は、マグロの尾をロープでくくり舷側から海につるし、ひと晩かけて溶かし、翌朝の入札にかけた。三崎の魚商（問屋・仲買）の最も鼻息の荒い時期だった。

かぎダコ　手鉤胼胝《てかぎタコ》。長いあいだ魚鉤《うおかぎ》を振り回していると利き腕の、親指の掌《てのひら》の付け根の皮膚が、硬く厚くなりタコができる。魚市場者《いさばもん》の勲章。

書き足し　売価加算。
〈例〉「ばんたび こんな安く売っぱがしゃがって。下がり なせよ。上のもんにせぇって書き足しちゃどうだ」（毎回 こんなに安く売ってどうなっているんだ。損した分 返せよ。お前の上役に話して仕切値を書き増したらどうなんだ）と、生産地の仲買人は、消費市場の競り人に怒声で折衝《せっしょう》する。

ガサ　量。

かしき　厨房の下働き。昭和二十年（一九四五）代までは、大学出身者もマグロ漁船の初乗船のときは、船員の最下級の 飯炊きからさせられた。

ガタイ　基盤。

かたぐ　担《かつ》ぐ。

かたぶね　肩入れする船。問屋が口銭を収受する漁船。

カツ　鰹《カツオ》。

かっちゃくる　勢いよく処置する。

かってぼう　まともでない意。罵倒語。

カマ　鎌。胸鰭《むなびれ》の付け根の鎌状の骨。またはその部位に付着している身。美味。刺身にもする。

かめ　漁獲物を収納する漁船の冷蔵庫。魚艙《ぎょそう》。

かめのこ　頭と中骨を除去した三枚卸しの製品。通称フィレ（ｆｉｌｌｅｔ）。

かめぶた　魚艙蓋。

がら①　柄。大きさ。図体。

ガラ②　暴落。

ガリ　尾の細い痩せた品質不良のマグロ。産卵後の魚に多い。手鉤で刺すとガリッという音がするのでこの名がついた。形の似ているところからラッキョウの名もついている。

〔例〕尾部《ゲソ》のこけたガリ。

川流れのふんどし　川に流れた褌《ふんどし》は杭にかかったら離れない。転じて、食いにかかったらその場から離れない「食い気の強い人」の意。男は六尺褌《ろくしやくふんどし》といって長い白い晒しの下帯《したおび》を着用していた。洗濯の途中で川に流した下帯が杭にかかったら容易にはずせなかった。

かわめ　皮目。外皮の様子。魚が肥えても痩せても鱗《うろこ》の数に増減は無い。このため、魚が太ると、皮目は薄く見え、痩せると厚く見える。つまり皮目の薄いマグロのほうが太っていて身質が良いとされる。

かんかん　検貫。重さを計ること。

きだす　うわつく。はしゃぐ。

キメジ　十kg前後のキワダの幼魚。きめ細かな あっさりした味わいは美味。

きやきや　動き始める気配。胎動。

きゅういち　休市。市場が休みの日。

ぎょば　漁場。

きりつけもん　煮魚 焼魚用の切り身。

キワダ　マグロ類の一種。黄肌。黄色い表皮のためキハダともいった。

〔参考〕「冬マグロ・夏キワダ」ということばがあった。「寒い冬は脂のあるクロマグロを食べて温まる。夏は脂肪の少ないキワダの赤身を食べて涼しく過ごす」という暮らしから生まれた日本人の知恵だった。

きんくらよこもち　金倉横持ち。金利・倉敷・運賃等の諸掛り。

くうほう　消費者サイド。

〔例〕「こんな高くっちゃあ 食うほうだって手え引っ込める」

くちっぱじけ　口かずの多い人。おしゃべり。

くらだし　出荷。

グリコの看板　「お手あげ」の意。

グリーン（green meat）　ビンチョウの身は炊くと白くなり缶詰として喜ばれる。だが、同漁場でも漁期によって肉色が緑色になった。アメリカはこれをデッドカラーとかグリーンと称して毛嫌いし引取拒否《リジェクト》した。多少の量なら折り合いをつけたが、売れ行き不振で在庫が増えるとアメリカは故意にグリーンと判じリジェクトする。所謂マーケットリジェクトだが、これは紛争《いざこざ》の元をつくった。

グレーズ（glaze）　乾燥防止のための 表皮上の氷幕。

クロカワ　黒皮。表皮の黒いカジキ。三十〜四十貫（百十〜百五十kg）の魚体が多かった。冷蔵魚の当時は名古屋市場が高値をつけた。薄黒い飴色の刺身は美味。

クロマグロ　黒鮪。本鮪ともいう。マグロのなかで最も美味とされる。名の由来は、①眼球が黒い、②表皮が黒い、などによる。遊泳する生きたホンマグロの皮肌は濃厚な藍色。輝くこの色合いに魅了され、漁人《いさりびと》は昔も今も漁をつづける。

げえ　芸。技法。利得。

〔例〕「そんなことしたってげえもねえこんだ」（そんなことをしても良策とは言えない）

けえる①　帰る。

けえる②　（金品を）与える。

げた あずける　下駄を預ける。任せる。

げた　はくまもねえ　下駄を履いて寛《くつろ》ぐ暇もない。多忙。

ゲン　運気。

〈例〉「儲け師えいっ、げんのいいとこ さわらせない」（儲けてばかりの運のついているお前さんのことだ。そのツキがこっちらにもめぐってくるように体にちょっとさわらせなよ）

こうがい　公害。

〈例〉「今 流行《はやり》の流通なんてもんは、新しもん好きにとっちゃあ おんもしれぇかもしんねえが、昔もんの俺っちにとっちゃ 公害だよ」

こうた　甲羅《こうら》。規模。

〈例〉「こうたに合わせて商え」（大それた商売をしようとするな。自分の財力と技量をわきまえて商売をすることだ）

こうたぼし　甲羅干し。ひなたぼっこ。

こしてけえない　譲って下さい。

コシナガ　マグロ類の一種。氷蔵の小型船《こぶね》がバシー海峡周辺で頻繁に漁をしてきた。身は締まっていて上質。市場では小キワダとして売られていた。

コメとミソ買うだけ　最低限の些細な儲け。

コロ　ヨツワリにした節《ふし》を、短冊にする前に用途に応じた長さに裁断した製品。スーパー筋ではチャンク（ｃｈｕｎｋ）と言った。

在庫は海　漁師に在庫は不必要。「資源は無限」とした、大漁つづきだった頃の、遠い昔の なつかしい思い。
〔例〕「俺んとこの札束は まだ海んなか泳いどるよ」

サオビ　三崎船が昭和三十九〜五十二年のあいだ漁業基地としていた西アフリカの島。北緯一六度五三分 西経二五度〇〇分。ポルトガル領ケイプベルデ諸島サオビセンテ島ポルトグランデ港。

さがり　損失。

さかる　盛る。栄える。

さきどり　入札売買のはじまる前に買い付け 消費地に送る特別な方法。古くからの仕来りで先取りの権利を認められている仲買人もいた。

サク　作《サク》。短冊《たんざく》状にしたマグロの身。スーパーマーケットの皿《トレイ》の長さに合わせてつくった。これをサクドリと言った。重さも合わせてつくる注文には、あまりに損《ロース》（ｌｏｓｓ）が多くなるから売人は造るのを躊躇《ため》らった。当時のバイヤーは魚を知らない鼻っぱしだけ強い輩が多かった。

さげ　下げ相場。

ササラホサラ　いいなりに振り回される様。使い古しの唐傘を連想する言い様。

さしねうり　指値売り。船主乃至荷主が希望値を荷受に指定する販売方法。

ざっぱもん　雑魚。鮪延縄漁船《なんふね》で獲れるマグロ・カジキ・サメ類以外の、スギ・アブラボウズ・オキカマス・マンダイ等と、鮫《さめ》っ食いの切れっ端《ぱし》。これらを専門に商う業者を雑物屋《ざつものや》と言った。

けっこうな儲けを手にしているふうだった。

さばしる　急いで走る。

ざまな　普通ではない。醜い。

サメだす　怒りだす。

サモア　三崎船が昭和三十～四十五年のあいだ漁業基地としていた南太平洋の島。南緯一四度一七分 西経一七〇度四〇分。アメリカ領サモア諸島ツツイラ島パゴパゴ港。

さらしもん　晒《さら》し者。笑いもの。見せもの。

さんかくべ　三角兵衛。三倍の売り値。

ジージー（GG. gilled and gutted）頭尾つき鰓《えら》鰭《ひれ》内臓《はら》除去の製品。入札にする刺身用のマルモノ・ナガモノはこうした製品にする。

しうて　雪しぐれの日和《ひより》。

〔例〕「しうてっぽだ。風花《かざばな》が舞ってる」

〔参考〕風向きにより、北東風《ならい》、東風《こち》、南東風《いなさ》、北西風《べっとう》などの呼称もあった。

したみ　下見。下検分。

シタモン　下物。下級品。

じだん　示談取引。

しないたみ　品傷み。鮮度劣化。

シビ　マグロの古語。語源は繁肉《ししみ》の約転。

シビしじゅうごにちバチごじゅうごにち　シビ四十五日《しじゅうごにち》バチ五十五日。鮮魚の頃（氷蔵冷蔵時代）のホンマグロとメバチの保存限度（俚諺）。

しまり　身の締まり。締まっているマグロは良質。低水温か海流の早い漁場の魚は運動量が多いため身が締まる。

しもふり　霜降り。大トロと中トロの中間に位置する部位。

しもる　沈む。

しゃごたむ　しゃがみこむ。

シャワー　散水解凍。

じゅうねんぶね　十年船。老朽船の呼称。昭和二十〜三十年代の最盛期には三年ほどで新船に乗り換えた。

シュモク　撞木鮫《しゅもく》。

しょうばいする　①商う。②漁船が沖合で操業する。

じょうものし　上物師。高級品だけを狙って買う仲買人。目ぼしい物がないときは屋台のおでんをしゃぶったり煙草をふかしたりしていた。

ジョウモン　上物。上級品。

ショテッペンから　最初から。

しょびく　引いて行く。
〔例〕「こんなもん、しょびいてたってゲエもねえ。どぶんなか ぜにうっちゃってまったほうのが まだ ましってもんだ」（気乗りしないものを買って持って行っても儲かるわけがない。てっとり早く溝《どぶ》の中に金を投げ捨てたほうが、手間暇かけないだけ まだ良策《まし》 ということだ）
しょんびた　波打ち際。なぎさ。子供たちは夕刻、採りたてのキュウリやナスを渚《しょんびた》 に埋め込む。翌朝、目印《めじるし》に立てた笹竹の下から掘り出して生噛《なまかじ》りした。しょんびた漬けと言った。
しょんべん　落札品の引取拒否。「あやまり」とも言った。
しりさがり　尻さがり。相場が下落に向かう様。
しりっぱね　尻あがり。売り買いの終わりころに急騰する様。
〔例〕「買いたくっても手の出せねえ ひでえ しりっぱね」
シロカワ　白皮。シロカジキ。表皮が白く肩幅が広く、脂の乗った魚が多かった。三崎では味噌漬け原料に使われた。一時、珊瑚海で多量に漁獲された。百二十貫（四百五十kg）の大魚も水揚げされた。
シンクロ　芯黒。身質の外側だけ赤く中心部は黒い冷凍マグロ。凍結温度が零下三十〜四十℃ほどの緩慢凍結の時代に こうした製品が多く、買人は悩まされた。
スイトンぶね　浮いているだけで ちっとも儲けにならない駄目な船。
〔参考〕うどん粉をこねて団子状にした汁物がスイトン。敗戦直後 食料不足の頃の代用食。

スギヤマ　サンマカジキ。小型のカジキ。不味。加工増量用。
スジ　筋身。一般消費者は刺身の筋をきらう。ミナミマグロのスジは柔らかい。
スソモン　裾物。低級品。
ステベ（stevedore）　荷役作業員。
スナズリ　砂擦。腹部の身。大トロの部位。ハラモともいう。
すわり　座り相場。高くも安くもならない無気力な市況。
すわりしょんべん　座り小便。女性が小用を足す様。
〔例〕「いい若い衆が　しゃごたんでまって　うすみっともねえ。すわりしょんべ　しるような　ざま、するじゃやねえよ」
生産者優位の原則　「流通は二の次」という偏《かたよ》った考え。
せつき　瀬付魚《せつきいお》。海底の岩礁などに居ついていて、広範囲な回游《かいゆう》をしない魚。老齢魚に多い。
せっきり　思いきり。
〔例〕「せっきりやった（相場を張った）けんが　お寺のみっちゃん　もんなし（紋無し・銭無《ぜにこ》し）んなってまったい」
せっつく　さわる。いじる。催促する。
〔例〕「馬草場せっついたって　あんにも出てこめえによ」（利益のあがりそうもない場所を目の色変えて探し歩いても儲けの匂いには出会わない）

ぜに　金銭。「ぜね」とも言った。
〔例〕「儲かるかい？」「あにが。ただやってんだけで金《ぜね》ぁ残らねえ。くたぶれ損の金《ぜに》うっちゃりだ」

せりのこり　競り残り。売れ残り。

せんきすじ　疝気筋。異筋。方向違い。

せんどう　船頭。漁撈長。

ぜんときん　前渡金。前借り金。資金繰りのために船主が荷受や問屋から次回の水揚げ金を担保にして借金をする。不渡《ふわたり》防止のため連日小切手の書き替えに奔走する自転車操業の船主もいた。

そうばし　相場師。産地市場に上場される魚を入札で買い取り、これを消費市場に送って上場し、差益を収受する仲買人を言った。生鮮マグロ当時の殆どの仲買は相場師だった。

そうばつき　相場動向。

そのかし　その代わり。
〔例〕「今回《ここ》は貴方達《おめっち》の顔を立てべえや。そのかし次回《こんつぎ》は当方《こっち》の言い分を聞いてもらあぞ」

だいかん　台貫（truck scale）。

だいぎり　目方をかけずに、ひと塊《かたまり》ひとやま一匹一箱等の単位で売り買いする方法。

タイセイヨウマグロ　①大西洋鮪。大西洋で漁獲される黒鮪の一種。七百kgほどにも大型になる。脂肪分が多い。日本に空輸される。②大西洋だけで獲れる二十kgほどの小型のマグロ。モンテマグロ、ミニマグロ、ヒレグロなどの別称もある。旨い身質の魚は少ない。

だかまえる　抱きかかえる。

宝は崖にあり　危険を恐れたら利益はつかめない。high risk high return.

出し値　申し入れ値段。

たてあみ　建網。魚道を網の垣根で遮断し迷路に迷い込ませてマグロなどの魚を獲る方法。

だとも？　……だと思うが、どうだ？

〔例〕「案外《あんげえ》　多弁者《しゃべくりんぼ》　だとも？」

ダボハゼみたい　なんにでも喰らいつく。

たまり　控え室。

たらがる　だらけている。

ダルマ　達磨《だるま》。二十kg前後の小型のメバチマグロ。他のマグロ類に比べ肩幅が広く丸っこいから
ダルマの名がついた。

だんべ①　だろう。

〔例〕「湿《しめ》りっ気の強《つえ》え　なまあったけえ風だ。きょうも網のキワダぁおんめろ入《へ》えるだんべとも？」

（湿り気の強い　なま暖かい　この風は豊漁の予兆だ。旋網《まきあみ》のキワダが大量に揚がるぞ）

〔参考〕三崎では「だんべ」だが横須賀では「だべ」、千葉に渡ると「だっぺ」になる。

ダンベ②　魚介類を泳がせる大きめな水槽。

ちあい　血合。血肉。中骨《なかぼね》のまわりにある黒ずんだ身。肝機能を持つ。栄養素を多く含む。焼き物、煮物などにして食べる。
ちあいぎし　血合際。血合に近い赤身。運動量の多い部位のため美味。
ちかば　近くの場所。沿岸。三崎から近い漁場。
ちくようマグロ　蓄養マグロ。ヨコワ（小マグロ）を捕獲し網で囲い餌を与え大きく育てる。日本各地のほかに地中海などからも輸入される。
ちぢれ　解凍硬直を起こし刺身がちぢれる様。
ちゃちゃめちぇんこ　めちゃくちゃ。
ちゃっちゃか　さっさと。手早く。
中華そばと支那ちく　親密なあいだがらをいう譬《たとえ》。
中気《ちゅうき》の出前そば　危なっこくて見ていられない譬。
ちゅうへんもの　中辺物。中級品。「ちゅうっぱもん」とも言った。
チュウボ　中型のホンマグロ。
ちょうかくりつ　釣獲率。漁獲率。
ちょくそう　直送。入札しないで荷主が直接消費地市場に発送する方法。漁協と魚商組合の間で許容量の取り決めがあった。
つきふだ　入札のばあいの同値をいう。同値は先札《さきふだ》を優先する。

つぎふだ　二番めに高値の札。

つきんぼう　突きん棒。突いて捕る漁。近海での春先の突きん棒真梶木《マカジキ》は好食家垂涎の旬の味。

つっこくる　突き飛ばす。

つっくむ　つぶれる。壊れる。

つなぎ　アオ（青鮫）クロカワ（黒梶木）等の加工用粘着剤。または単に値段の安いスギヤマ（サンマカジキ）等の増量剤をいう。

つぶしもん　潰し物。刺身とか焼き魚には不向きの加工用魚。

つらとなり　顔かたちと姿勢。マグロでいえば体皮《かわめ》状態と肥満度。

つりぶね　釣り船。カツオ竿釣り漁船。

つるくる　吊るす。

ていた　手板。市場取引で目方を記す薄い木片。

てがえし　急速凍結の際、均等に凍らせるために魚体の裏面《うら》と表面《おもて》をひっくり返す作業。

でかん　出貫。買った目方より売った目方のほうが多いこと。

てきすい　適水。漁場探索。

てってん　会話の調子をつけるため、話の始めに口にする間投詞。
〔例〕「てってん　くらった野郎じゃねえや」（とんでもない食わせ者だ）

テッパツ　強い意。「西のテッパツ」は強い西風。「奴はテッパツ」といえは強情な男。

てばかり　竿秤《さおばかり》と分銅《ふんどう》を用いて手加減で計量する方法。個人差があって、ときにはいざこざのタネになった。

でふね　出港船。

テリ　色艶《いろつや》。

〔例〕照りと締まりのある身質。

天気も相場も西から　日本の天気は西方から変化する。マグロ相場は天気に弱い。晴れると上がり降ると下がる。このため鮮魚のころは関西が降ると買いを手控えた。

電車の切符売り　溜まった売掛代金《うりかけ》の支払《はらい》を請求すると「電車の切符売りみてぇな 直ぐ銭《ぜね》ぇよこせだなんて せえじゃねえせえだよ」の台詞《せりふ》が はねかえってきた。

テンパ　天丈。マグロ身の中心部の赤身。鮮やかな色。美味。

でんぼくち　味覚に鈍感な人。

トウガン　脂《あぶら》のあるようにも見える白変《やけ》マグロ。

ドウロクへエロク　誰も彼《の》も。「ゴンもハチも」とも言った。

〔例〕「最初んやった男だけが勝ちだだよ。いいとなんと ドウロクへエロク みんな始めてまうから、もう へえ 商 売《しょうべえ》に なんなくまってまう」（最初に技法をみつけて始めた者は気持ちよく儲けるが、誰彼なく真似て始め出すと、儲けは薄れて忽ち商いにならなくなってしまう）

とおし　コロ（ｃｈｕｎｋ）にする前の、ヨツワリ（ｌｏｉｎ）のままの製品。

どうしんぼ　盗み。
とかし　解凍。
どくぐち　悪口。
としかさ　年配者。
ドタバチ　大きいだけで身質のわるいメバチ。低緯度高水温の魚や老齢魚に多い。
とちもん　土地者。その土地で生まれた人。「よそもん」との対比。
とば　休み。
とばくち　出入り口。
とめいち　留め市。休日前の取引。
とめふだ　止め札。買い叩き防止のための問屋乃至荷受の保証入札値。
とりたて　代金回収。
ドレス（headless）　頭を落とし腹を空《から》にした製品。
とろっぺし　おしなべて。
泥棒猫の喧嘩　弱みを見せるととことん追いかけてくる譬。
トローリング　曳き釣り漁法。曳き縄。
なかがい　仲買人。仲卸人《なかおろし》ともいう。荷主が売りを任せた荷受から、入札か競売《せり》で魚を買う商人。
ナガモン　長物。カジキ類の総称。ハナモノともいう。梶木《カジキ》の種類は、①マカジキ②メカジキ③

クロカワ④シロカワ⑤バショウ⑥スギヤマ⑦ニシマカジキの七種類。
ながれ　流速。傾向。
なぐってまう　処分してしまう。
〔例〕「箸にも棒にもかからねえ こういった下級品《したもん》 なぐってまう うっちゃり場の一つや二つ、持ってねえと商売ん なんねえってもんだ」（どうしようもない こうした下級品も安ければ売れる いわば捨て場のような送り先も持っていないと、商売というものは成り立たない）
なぐれもん　粗悪品。
なす　①為す。②返す。
〔例〕「うええいっ、これぇだの貸し なしてくんな」（こないだ貸した金 返してくれ）
鳴ってる太鼓　盛時の用心。
〔例〕「鳴ってる太鼓《てえこ》だ。鳴り止んだら気いつけるこった」（太鼓の鳴っているうちは心配ない。鳴り止んだときは変事が起きたときだ。手を引け）
ナマ　生鮮魚。刺身用。
ナマゴミ　生ごみ。一船買《いっせんが》いが盛んになって、三崎には、冷凍のわるいマグロだけの水揚げが多くなった。良質の魚でなければ せり場で勝負できない仲買は、こうした二級乃至三級品を「ナマゴミ」と蔑《さげす》み、安値をつけた。船主は「三崎の相場は安くなった」と嘆く。既に市況は金と倉の豊かな大手企業に牛耳られていた。

ナマの商い　「手鉤一本と魚箱の二つ三つあって在庫を持たねえのが仲買の本領《もちまえ》」という考え。

なぶら　魚の群れ。

〔例〕シコのなぶら（シコイワシの魚群）。濃密な魚群は「ハミ」ともいった。ハミは海面を赤く染めた。

ならす　平均する。

なわ　延縄《はえなわ》漁。

なり　体裁。外観。

なわをはえる　縄を延《は》える。長さ五十〜百㎞の縄に二千〜二千三百個の釣針に餌をつけ、五十〜二百五十ｍの深さに流し、マグロやカジキを釣り上げる。

なんふね　なわふね。鮪延縄漁船《マグロはえなわぎよせん》。

ニシマカジキ　大西洋だけで獲れた。四十kgどまりで身質は良かった。皮肌の色からアオマカともいわれた。

にぬし　荷主。魚市場で卸売会社に売りを任せる船主や商社をいう。

ニュージ　ニュージーランドの略。質の良いミナミマグロが獲れた。

にゅうせん　入港船。

ぬくてえ　温かい。

ぬすっと商売　丸儲けの商い。

ねき　根元。
〔例〕「時化《しけ》んなんてぇと魚どもぁ岩礁《がんこ》の奥《ねき》い奥《ねき》いと寄って来んように、こう景気ん悪くなんてえと銀行《ぎんこ》で借金《かね》出しゃがらねえ。しょうがんねえから、漁協《くみあい》の信用《しんよう》業務に集まって来る」（荒天になると、いつもは外の海で自由に遊んでいる魚たちも、危険を避けて岩礁の奥へ逃げ込む。おなじように、金利の安い条件の良い借り先を見つけて金融筋を渡り歩いている船主たちも、景気が悪くなると どの銀行も融資を渋って出さない。こうなると、金利が高めでも 組合長にお世辞を言って届け物でもすれば、たいてい金を貸す漁協に みんな集ってくる）

ネコ　猫車。手曳きの二輪車。

ねだて　値建て。相場形成。

ねっから　根本から。

ねづけ　評価。

ねっこむ　どなりこむ。

ねどり　値取り。乗組員が水揚げのとき、個人的に交際用などに使う魚を船主から有料で買い受けること。

のたくる　這いずりまわる。

のっこむ　漁船が漁場から漁港へ帰途につくことをいう。

のぼせもん　すぐ興奮する人。

ばいさん　買参人。条件つきで仲買人と一緒に市場で入札できる人。
ばいにん　買人。
はうり　端売り。小売り。
バカのつかさ　大ばか者。
バショウ　羽生《バショウ》カジキ。カジキ類の一種。藍色の背びれを広げて海面を泳ぐ姿は美しい。旨い魚もあるが、たいていは まずい。だが、扱いが多少わるくても変色しにくいため、安価な赤色が欲しい温泉街の料亭などで刺身として使う。
はだかり　隔《へだ》たり。
〔例〕「二番札《つぎふだ》とはだかってまった。引取拒否《あやまり》にしとくんな」
ばたくる　あわてる。
バチメジ　十kg前後のメバチの幼魚。
パーチ　生鮮マグロ収納用の 青色の包装紙。parchment paper。
はついち　年始めの市場取引。
ハナモン　鼻物。カジキ類の総称。長物《ナガモン》ともいう。
はなから　最初から。
はなっと　鼻っと。突端。
はねる　除外する。選別する。

はま　産地市場。

バミ　好かない男。（良い意味では使わない）

はものまわし　刃物まわし。鮫や鯱《しゃち》の群れがマグロを追い散らして不漁にする様。

はらいこみ　代金支払い。

ハラモ　腹物。トロがたくさんとれる腹部の身。マグロが餌を食《は》むとき腹部で海底をこすると

ころから「砂ずり」ともいった。

春先のアンコウ　段々価値が下がる。

〔参考〕鍋物にするアンコウの旬は冬。陽気が暖かくなるにつれ、味は落ちる。

バレン　バショウカジキの別称。

はんがた　半分。五円　五十円　五百円。

はんかもん　調子者。

ばんたび　そのつど。たびたび。

〔例〕「ばんたび　ぶんなぐられてりゃ　弱っかい犬だって嚙みつくようんなるってもんだ」（い

つも痛い目に遭わされていると弱者だって闘争心を持つ）

びいた　女性。

ひきなわ　曳縄漁法。青森県大間《おおま》の曳縄は有名。良質のホンマグロが釣れる。

ひっちまう　処理しおえる。「しっちまう」とも言った。

〔例〕「ニイニイでもニイサンでも硬《か》てえまんま売ってしっちまったほうのが利口ってもんだ。なまじ溶かして正体ばれてまったらイッパチでもどうかってとこだ」（こうした欠点の多い魚は二百二十円／kgや二百三十円／kgの安値でも見切りをつけて売ったほうがいい。高く売ろうと解凍したりして欠陥をさらけ出したら加工向けの最低値段の百八十円／kgでも買い手が見つかるかどうかだ）

ビット（bitt）　繋船柱。

ひっぱり　荷受か問屋が止め札で落とした魚を仲買人が譲り受けること。

ひとこっぱ　一刻《いっとき》のあいだ。

ひなたのどぶいた　ふんぞり返って威張り散らす譬《たとえ》。

びびる　怖《こわ》がる。

ヒラガシラ　平頭鮫。

ヒラボデ　平ボデー。無蓋車。冷蔵時代は、木箱に魚を氷でくるみ、ヒラボデのトラックに重ね積みにし、厚布で覆って消費地まで突っ走った。

ビンチョウ　マグロ類の一種。別名はトンボ。胸鰭《むなびれ》が長いので袖長《ビンナガ》ともいった。昭和二十年代後半から三十年代にかけてアメリカに輸出され、貴重なドルを大いに稼いだので、ダラーフィッシュの尊称も得た。今は刺身用として日本国内で消費される。

フイレ（fillet）　魚の頭を取り中骨を取って二枚にし、冷凍する。二つ割り。三枚卸し、または形状が似ているところから亀甲《かめのこ》とも言った。冷蔵から冷凍に変る頃は緩慢凍結だった。このため魚体の中心部までしっかり固まらない。そこでフイレをつくった。

ぶがえし　仲買奨励金。荷受は何がしかの奨励金を仲買人に払った。

ふだける　ふざける。

ふったらかす　大急ぎで走る。

ふっとる　吹っ飛ぶ。

ふてらっけえ　ずぶとい。

ふなかた　船方。漁船員。

ふらす　繋留する。漂流する。

ブリジ（bridge）　船橋。

ふれる　宣伝する。気が狂う。

ふんと　本当。

へえ、もう　もはや。

べんきん　弁済金。

ほうける　呆ける。われを忘れる。騒ぐ。

〔例〕子供《がき》ども、ほうけてまってんから、あしたぁ降んかもよ」（子供たちが騒いでいるから明日は雨になるだろうよ）

ボケ　惚《ぼ》け。マグロの尾の切り口が春のぽかぽか陽気などで本来の鮮紅色がぼけてしまい実態以下に安く評価される現象をいう。

ボースン（boatswain）　甲板長。

ぼた餅の綱渡り　細る思い。危なっかくて見ていられない。

ボッコ　頑固朴訥。

ほねぎし　骨岸。中骨に近い場所の赤身。美味。

ほまち　余得。

ぼろったぶね　老朽船。

ほろばしゃたい　好景気だった昭和四十年代、解かしたマグロをコロかサクにし住宅密集地に小売りして歩いた一団がいた。荷台に幌《ほろ》をかぶせた小型車が揃って走りまわった様子が西部劇の幌馬車隊に似ていたところから、この名がついた。船員だった人や仲買の従業員だった人たちが始め、当初は かなり利潤を得たらしいが、同業者が多くなり安売り競争が祟《たた》って自然消滅した。

ホンマグロ　本マグロ。クロマグロともいう。東北地方の秋に大トロのホンマグロが獲れる。三崎では春先、産卵後の痩せて脂分の抜けたホンマグロが水揚げされた。ガリとかラッキョウとかいわれ、安値で捌かれた。

まいがし　問屋か荷受が船主に、水揚金を担保に 前渡しする金。前渡金《ぜんときん》ともいった。

まいがり　前借り。船員が船主から水揚げ配当金を担保に前借りする金。
まいきん　先渡し金。
マカジキ　真梶木。マカまたはマダラともいった。
マカだいじん　マカ大臣。料亭から注文を受けマカジキの上物だけを買って大儲けしていた仲買。メカ大臣もいた。
まきあみ　旋網。幅二百m、長さ千二百mほどの帯状の網で魚群を巻き、網の下側をしぼって魚をすくい取る漁法。「揚繰網《あぐり》」「巾着網《きんちゃく》」ともいう。
マグロ　鮪。往時は、マグロといえばクロマグロ（ホンマグロ）だけを言った。
ましかん　増し貫。生産地仲買は買いの目方を、たとえば八貫目を八貫二百匁として消費地市場に送るのを常としていた。
ましゃくにあわない　間尺に合わない。わりに合わない。損する。
祭りを追うな　他人の尻馬に乗るな。時局を冷静に判断せよ。
まとめ売り　一括売買。
まばたきもできねえ　超多忙の様。
マメジ　十kg前後のホンマグロの幼魚。草木が芽を出すころ、まとまって獲れたから芽出《めじ》の名がついた。きめこまやかな淡いメジの味わいを食通は好んだ。
まるっきし　まるっきり。

マルモン　丸物。マグロ類のこと。鮪《まぐろ》類の種類は、①ホンマグロ②ミナミマグロ③大西洋マグロ④メバチ⑤キワダ⑥ビンチョウ⑦コシナガの七種類。

まわし　平均価格。

みがき　身欠き。磨き。裁割後に不可食部を除去し綺麗な姿にする作業。

みしつ　身の質。

みずかん　水貫。水揚げされる魚の表面に付着している水分を配慮して目方を軽めに計量する方法。産地市場の慣習。

みづら　外観。見た目。

みづらい　みにくい。

ミナミマグロ　南マグロ。昭和二十年代後半に初めて三崎に水揚げされたころは、仲買はバチマグロと名づけた。次に、獲れる場所から豪州マグロ、またはインドマグロと言った。産卵後の痩せこけた魚ばかりだったので評価は低かった。今は漁場を選んで高級魚だけを獲って来る。

むかしもん　昔者。昔の考えにこだわる人。

むきむき　適材適所。

めぇくっちゃむ　目をつむる。

〔例〕「そんなこん めぇくっちゃんでたってできらあね」（そんな容易なこと、目をつぶってたってできる）

メカジキ　女梶木。「メカ」ともいう。カジキの中で唯一体皮が朱色。脂肪分の多い身質。刺身にもなるが主に切り身用。輸出もされた。

目方も商いのうち　「目方を強く（軽く）計ってくれれば高く買える」という仲買の言い分。加減が難しかった。今は手秤《てはかり》でなく機械計量に変わった。

めきき　目利き。鑑識。

めぎれ　目切れ。買った重量が、売ったときに減量していた状態をいう。

めけんと　目見当。概算。

めすり　夢中になっている様。

メト化　肉色素《ミオグロビン》の褐変率。メトミオグロビンの生成率が二〇％以下の場合の肉色は鮮やかな赤色。七〇％以上になると黒ずむ。

メバチ　目鉢鮪。「バチ」ともいう。目が大きいのでこの名がある。小売りにされるほとんどのマグロの刺身はメバチ。水揚げ量も最多。

めまわり　平均重量。

めんがいい　器量良し。

めんち　毎日。

メンとオン　雌と雄。

もうからない商売

〔参考〕「儲からない商売を一生懸命やれ。ひとの嫌がる仕事を進んでやれ。これは俺が爺様から教えらいた商いの要諦《コツ》」久野又兵衛氏（元 魚商組合長）談

モチ　頭尾鰓内臓の全部がついている製品。カツオとトンボはモチで売り買いされる。

もちガツ　もちもちした味わい。釣りカツオの一割にも満たない良質のカツオ。高価。並みの物は氷詰めの樽の中で硬直しつっぱっている。もちガツは柔らかい。釣り上げられた直後に神経を潰し身質の劣化を抑止されたカツオと思われる。

もちぶね　持ち船。所有船。

餅投げ相場　損を承知で競場《せりば》に物を並べ続ける商戦。売り場の専有を目的とした強硬手段。

もと　元値。

もの　品質。

もやい　舫《もや》い綱。繋船索。

やくてえもねえ　益体もない。たわいない。役に立たない。

ヤケ　焼け。予冷 冷蔵 冷凍処理が悪く赤身が白変したり褐変したマグロの身。「やけんぼ」とも言った。

やしやし　急いでいる様。

やど　宿。魚問屋。往時、県外船が水揚げのため三崎に来た折、船主と漁船幹部の多くは魚問屋を定宿《じょうやど》にしていたので、魚問屋を「やど」と呼んだ。

やどぶね　宿船。市場取引を委託した漁船を「うちのやどぶね」と問屋は言った。

やばり　鼻っぱし。

〔例〕「ちっとばりやばりんつええじゃねえ」（強気《つよき》一点張りの意）

やまい　病気。欠陥のあるマグロの身質。

〔例〕

「アオタン」　黒ずんだ色に変じて売り物にならない身質。

「アズキ」　赤身の各所が粒々にとろけていて、刺身にする際、削ぎとらないとならない。バンダ海の冷蔵キワダに多かった。甚だしいアズキは「ナガレ」と言った。

「コンニャク」　身質が蒟蒻《こんにゃく》状になっていて刺身にならない欠陥品。

「サシ」　身質が筋《すじ》状にとろけていて刺身にできない。バンタ海やジャワ裏で獲れたメバチの氷蔵・冷蔵魚に多かった。

「キズ」　銛で突かれたり鮫や鯱《しゃち》に噛まれたりした外傷。

「モジャ」　傷痕。外皮の紋様が乱れている。その部位は食用にならない。

ゆきあし　行き脚。航速。

横綱相撲　大関になれば大関の相撲がとれる。横綱になれば横綱の相撲がとれるというもの。役職につけば、それなりの仕事ができるようになる意。

ヨコワ　ホンマグロの幼魚。

よそもん 他所者《よそもん》。地元生まれではない人の総称。
よたばなし 信用できない話。
よたる 経営不振。倒産寸前。
ヨツワリ 四つ割り。魚を四つ（雄節《おぶし》二本 牝節《めぶし》二本の計四本）に卸す。「よつおろし」「ふしわり」とも言った。輸出入ではロイン（ｌｏｉｎ）という。
よばれる 招待される。
よめいったばん いいなり。
〈例〉「いえいっ、これ、傷物《きずもん》だ。値引きしねぇな」「嫁ぇ行った晩だ。幾らだら持ってく？」
ライオンにタクワン
〈例〉「王様には王様の食い物がある。ライオンにはライオンの食い物がある。船主はライオンだ。俺っちゃ仲買はちゃっけえ生き物だ。それをライオンがタクワン齧《かじ》る真似なんかするなよ」（船主が小売りするような真似するな）
ラウンド（ｒｏｕｎｄ） 頭尾付製品の総称。「マル」と言う。頭尾付鰓内臓付《えらはらつき》を「モチ」（七十二頁参照）、頭尾付鰓内臓除去《えらはらぬき》を「ジージー」（五十一頁参照）とも言う。
ラッキョウ 痩せ細った産卵直後の大マグロ。体型が野菜のラッキョウに似ているところからこの名がついた。冷凍になってからは「ガリ」といわれた。
りょうかいむ 漁皆無。（洋上通信の用語）

りょうしのいっさんぐい　漁師の一散食い。入港して直ぐの金のあるときには贅沢三昧《ぜいたくざんまい》。金がなくなった出港時には鍋釜《なべかま》まで質に入れて沖に出る。

わかいし　若い衆。従業員。

わたしこみ　渡し込み。示談売り。相対取引。

わっぱまわし　トラック運転手。

折々の思い

つる草

寒さは遠のいた。春めいてきた。

湿りけの多い夕べ、うすみどり色の蔓草《つるくさ》は、細い二の腕を小刻みに揺らせ、明るさの残る空に思いっきり手を伸ばそうとしていた。

（一九四八・〇四）

空気の匂い

ハワイから羽田空港に降り立ち、京浜工業地帯を車で走りぬけた。

途次、様々な埃《ほこり》の匂いがしつこく鼻を突いた。

三浦の地に着いて、潮の香りをめいっぱい吸い込み、ようやく落ちついた。（一九五七・〇五）

椿の里

岩手から来た妻の父は、しきりに藪椿《やぶつばき》を褒める。

言われてみれば、濃い緑の葉の間《ま》から紅色の花を咲かせる風情は、なるほど美しい。

「椿の里に住む人は、椿の花の美しさを知らない」父は微笑んだ。


（一九六一・〇三）

大きなリボン

「おばあちゃん、髪の毛とかしてあげる」

と言った娘の佳子（四歳）は、母の髪を櫛で撫ぜた。

しばらくして、帰宅した父は母を見て、

「お前、なにしてんだ」鏡を見ろと仕草で言う。

母の頭には、大きくて真っ赤なリボンが可愛く飾られていた。


（一九六五・〇五）

吹き溜まり

「最近の都市計画には、世間でいう吹き溜まりを必ずしつらえる。人は、綺麗《きれい》なだけでは収まりのつかない一面もあるからだ。かのキャンベラという都市は、あまりに清潔すぎて陰影に欠け、若者たちはいつも欲求不満に陥っている」

と、これは彼の地から帰った知人の話だ。


（一九七一・〇九）

鳥獣保護

高緯度の 南太平洋の、 とある島から帰国したばかりの友人は言った。
「あの島は昔、 白人が現地人を一人も残さず根絶やしにした島だ。 そんなひどいことをした連中の子や孫が、 今になって、 鳥や獣を保護しようとか自然の破壊を防ごうとかを真顔で主張している」

(一九七三・〇二)

幻 影

繰り返し見る夢がある。

尾根《おね》を走る幹線道路を逸《そ》れて、 細道を下る。 谷間《たにあい》の急坂だ。 両脇の木々は空を おおう。 秋は 紅色と黄色い葉が輝き、 春は緑 したたり、 夏は山芋の蔓《つる》がからむ。 曲がりくねって 降りる。 海の見える台地に着く。 ふりかえると、 降りてきた辺りは そそり立つ崖だ。 砂浜の海辺に 椰子《やし》か棕櫚《しゅろ》か 背高《せいたか》の木々が林をつくる。 集落の山際は段々畠だ。 半農半漁の村らしい。 わたしは決まって無蓋車《ジープ》で此処に着き、 歩いて集落に はいる。

田舎じみた村人は、 知り合いのようでもあり、 それほど親しくはないが初めて会う顔でもない。 相手も、 よそよそしい態度をとらないから、 迷惑をかけていず、 損得の感情もなく、 さらりと挨拶のできる あいだがらだ。

入り組んだ谷間の、 別荘ふうの古い家が二軒、 並んで建っている。 見栄えはしないものの、 玄関先に花などを植え、小ぎれいにしてある。

釣りから帰ったひとのよさそうな男が、さげた魚篭《びく》の中身を覗き込む数人に見せ、わたしにも見てほしい視線を送る。

ふたことみこと話したのち、村を抜け、海辺に出る。

右は砂浜。左は磯だ。突き出た崖が、荒波と激しくぶつかる。

無け無しの葉を潮風にさらした背丈ほどの潅木の群れは、乾いた土にしがみつく。

遠く対岸に市街地が見える。虚ろな気になり、たいていこのあたりで目が覚める。

いつもは忘れてしまうのだが、今朝は妙にはっきり憶えていたので、書き留めた。


（一九七三・〇六）

小銭

公園前の薬局の旦那が、どぶさらいをしていた。

どろに混じって、十円玉や百円玉の小銭《こぜに》が少なからず出てくる。

目の前の公衆電話を使う人たちが、「落ちた小銭を拾わず、ポケットをまさぐって別のを入れる」らしい。忙《いそが》し過ぎる世相を思った。


（一九七三・〇七）

ざっぱくな人

初対面の人に名刺を出した。法律を生業《なりわい》とする その人は、挨拶もそこそこ わたしの名刺を裏返し、
日付のスタンプを押すと 手早く引出しに しまいこんだ。事務的に過ぎる、情のかけらも見えない
雑駁《ざっぱく》な暮らしぶりに 哀れみすら覚えた。

（一九七三・一〇）

仏　心

蛇が道を横切った。つめたいまなこも 肌も、
「好かない」顔をそむけるわたしに、
「望んで ああいう姿に生まれたわけではないでしょうに」と妹は言う。
仏の慈悲を、わたしは思った。

（一九七四・〇七）

情の濃い家

「ちりひとつない金持ちの玄関に立つより、小さな子の靴や擦り切れた駒下駄などの入り乱れる貧《とま》
家《や》に立つほうが、貰いは多い」と乞食《ものごい》を体験した人は言う。
暮らしの苦労が分かるのは、金を持たない だから情の豊かな人たち ということか。

（一九七四・一一）

居眠り

バスに乗った。二十歳代《はたち》前半と思われる女性は、わたしの脇に坐るとすぐ、居眠りをはじめた。髪の長い揺れる頭《こうべ》はわたしの肩に触れる。接しないようにわたしは席をずらした。彼女の上半身は、バスの揺れに合わせ危うげに動く。終点に近づいた。わたしは窓をあけた。肌寒い風は、彼女の頬を刺激した。ややあって女性は居住まいを正した。わたしは、窓を閉めた。

（一九七四・一二）

ごみさらい

新入社員を伴い、相模原の量販店をセールスして歩いた。とある大型店に立ち寄ると、鮮魚担当者は、奥から店長を連れてきた。わたしを見た店長は帽子をとり、深々あたまをさげた。「お久しぶりです先生」と言う。わたしは彼を忘れていた。東京に本拠を置くセルフサービス協会に頼まれ、全国から参集した七十余名の鮮魚担当者に丸一《まるいち》日《にち》、マグロの生産と流通について話したことがあった。店長は、その折の一人だった。

「僕らの年代は、先生からマグロを教えられました」

「参考になる書いた物も ぜんぜん有りませんでした」

「当時は卸市場で ごみさらいをしていました」

値段が安いだけのマグロを買い集めた。品質の見分けや解凍方法までは考えが及ばなかった。くすんだ色のマグロを毎日 店頭に並べた。お客さんの苦情が絶えなかった。と、店長の話は しばらくとつづいた。再会を約して別れた。

「勉強になりました」 新入社員は そう言った。

（一九七五・〇九）

芳 香

暖かさの残る宵《よい》、両脇に生垣の立て込む狭い街路を半ば窓を開けたまま車で通り抜けると、清らかな香りの 車中に広がる。しばらく考え、金木犀《きんもくせい》と分かった。深まる秋を急に思い起こして、寸刻の幸せに浸《ひた》った。

（一九七五・一〇）

命

金篭《かなかご》に捕われた小鼠《こねずみ》は、雨の人通りに晒《さら》され、うずくまり、やがて来る己《おの》が時を待たされていた。
於滋賀草津 （一九七五・一一）

機械の気持ち

考える時間を与えず自販機のボタンをやたら押すと、かんしゃくを起こして金だけ呑み込み、知らん顔をしている。

公衆電話も、押し方を いつもより早くして反応を試すと、だいぶ考えてから「話し中です」と言う。顔をしかめて怒っているふうに聞こえた。

(一九七六・〇四)

敵前整列

敵兵が いつもこちらを狙っている最前線で、学校を出たての将校は整列の号令をかけた。怒った古参の曹長は その将校を張り倒した。軍律の厳しい当時だったが、曹長には なんのお咎《とが》めもなかったという。その古参兵は言った。
「爆撃を受けて どこにも隠れ場のないときは、たった今 爆弾の落ちて まだ熱い穴に 飛び込んで潜れ。爆弾は ひとつところには二度と落ちない」と。
体験から生じた 極めて精度の高い自信に思えた。
(一九七六・〇四)

組み紐

組み紐を営む有名店の主人は言った。

「機械で編《あ》む組み紐は きれいに目が揃うから 味は出ない。それに引き換え、手編みは『揃えよう揃えよう』と努めても不揃いになる。なんとか揃えようと組むところに味は出てくる」

この話をした人は婿さんだった。話は つづいた。

「商家で婿をとると 成功する例の多いのは、義父と婿との遠慮にある」と。

「互いに遠慮を保ちながら 理解しようとする。それで うまく行く」のだという。ところが、

「実の親子だと遠慮はない。ぶつかるだけで、理解し合おうとする努力をしない。だから こじれる」

組み紐と婿との 例え話の「うまい組み合わせ」だった。

（一九七六・〇五）

まっすぐな道

静岡の 清水港からの帰路、幅広い平坦な直線の高速道路を独り 車で突っ走った。

耳には軽いエンジン音だけ。われを忘れる静寂を感じた。

とっさに危険を察し、ハンドルを握り直した。

（一九七六・〇六）

せがれ〔十二歳〕の作文

父は仕事で清水《しみず》に行っています。ふだんの日は家にいません。ちょっぴりさびしいです。

土曜日の夜 おそく、帰ってきます。日曜日は家にいます。帰ってくる日は、かならず おみやげを買ってきてくれます。楽しみです。

父はごが好きです。しょうぎやトランプもやってくれるけどごがほとんどです。ぼくも、ごのおもしろさが、だんだん わかってきました。父のごは、だれにもまけないと、ぼくは思っています。

父はお酒に弱いです。一杯が二杯、二杯が三杯と、長びきます。それは、母と姉と ぼくにとっては、大へん めいわくです。お酒は、飲みすぎないように、少し へらしてください。

父は、ぼくにとって、かけがえのない人です。これからも いろいろと つきあってください。

月曜日の朝早く、ぼくが寝ているうちに、父は車で清水にもどります。毎日 とてもいそがしそうです。

（一九七六・一二）

どんりゅうさま

北関東の或る町の〈のど自慢〉が放映された。鐘を三つ鳴らした若い母親が、八歳と五歳とそれに八か月の子の名前を「子育て呑竜《どんりゅう》様に付けてもらった」話をした。テレビを見ていた わたしの母は、そっと目がしらをぬぐった。おそらく、テレビに出演中の若い母親を、自分に重ね合わせた。

以前、母は、「家事に追われ、六人の子を育てた。目のまわるような昔の日々が、今になって思うと、いちばん楽しい時期だった」わたしに こう話したことがあった。

子供も それぞれ世帯じみた。からだも思うように動かない七十三歳では楽しみも少なかろう。子育てをテレビで見て、感傷を抑えられなかった母の気持ちが、わたしには分かった。

（一九七七・〇九）

こえわずらい

「このごろ喉《のど》が痛くて なあ」と父。「年寄りの声患《こえわずらい》だよ」と母。若い者の恋煩《こいわずらい》に掛けた冗句だ。三日後、病院に行った父は、直ちに入院を言われた。ちょっとした体調の変わり様も、迂闊《うかつ》には できない。

（一九七八・〇五）

母の祈り

父の生死は危ぶまれていた。夕刻、薄暗い八畳間の 観音像の前に坐り、手を合わせる母を見た。不自由な指は、曲がったまま 合わさらない。拝んでいるというより、お観音様に語りかける様子だった。母が 仏に見えた。

（一九七八・〇七）

こわい世の中

夜、「キリギリスがセミを食べている」と、高校生の佳子と中学生の英司が大騒ぎしている。庭のモミジの木で セミが もがいているので 行った見た。オスのキリギリスはセミを押さえつけている。見ているうちに 足を一本 食べてしまったという。キリギリスを追いはらった。よろけながらセミは逃げた。「おっかないキリギリス」「こわい世の中」ひとしきり、かしましかった。

（一九七八・〇八）

時計の遅れ

駅前の道に面して、新設した量販店は看板の中央に大きな時計をつけた。便利で気の利いた配慮と感心した。

一週間ほどして、時計の針が少しずつ遅れるのに気づいた。その後も遅れつづけた。

時計が うっとうしくなった。

まもなく、その時計は外《はず》されて消えた。


（一九七八・〇八）

節　食

わが家の犬の名はクマという。小柄で顔は黒い。

「お母さん、クマの餌 少なすぎるよ。もっと あげたら?」と、娘の佳子。

「少なめでいいよ。あまり食べさせると 糖尿病になるぞ」と、わたし。

しばらくして、急に吹き出した佳子、

「なに 言ってんのよ、お父さんじゃ あるまいし」

ただ今 わたし 四十七歳。糖尿の初期で減食中。七十二kgあった体重を六十五・五kgまで減らした。

が、ちょっと食をすすめると たちまち七十kg台に 逆もどり。

酒をやめて六か月 経つ。中年の悩みをかかえ 奮闘中。


（一九七八・一〇）

紅　葉

名のある寿司店は、小皿の代わりに紅葉した柿の葉を使うという。

つい先日、娘の佳子は、様々な彩りの落ち葉を丁寧に拾い集め スケッチしていた。十七歳になる。

見すごしがちな落ち葉に、美を見る娘は 嬉しい。


（一九七八・一一）

輪　禍

晩秋にしては珍しく、陽気は暖かい。

狭く危ないぬかるみの 雨の夜道を車で走った。灯火《ライト》に、数匹の蛙が跳ねた。

早く脇に避《よ》けてくれたらいいのに、動きは鈍い。蛙たちを避《よ》ければ車輪を溝に落としてしまう。

目をつぶって走った。ほんの二～三秒だった。

蛙たちは、難なく逃げおおせたか どうか。いつまでも気にかかった。


（一九七八・一一）

父との語らい

数日前、父とひと晩じゅう話をした。至極ごきげんなおやじで、何を話したか おおかた忘れたが、
とにかく たわいもない日々の暮らしのできごとだったように思う。楽しかった。
目が覚めた。
（そうだ おやじさまは死んだのだ） 夢と気づいたわたしは 潤《うる》んだ。

（一九七九・〇四）

女の強盗

二十歳の女は銀行強盗にはいって つかまった。この分野は まったく男の領域と思っていたのに、驚きを超えて戸惑いを覚える。

時と所を別にした蛇足だが、強盗に金を渡そうとした女性行員は「ありがとうございました」と言ったらしい。日々の台詞を強盗に言う。惰性だった。

（一九七九・〇四）

晩　帰

真夏というのに長雨がつづき、庭の雑草は伸び放題だ。きのうは珍しく晴れた。今朝も かんかん照りだった。かみさんは勢い込んで、草むしりに外に出た。

ビールを冷やすのを忘れなかった。夕餉に夫婦して、一気に飲み干す喉越しの快感を思い描き、わたしの帰りを待った。

そんなこととは知らないわたしは、思いついた会社の用事を片付け十時半に家に戻った。

「こんなときに限って遅いんだから」かみさんは、ごきげん斜めだ。

「どうして？」尋ねるわたしに、

「もう、参った。喉が渇いたのを我慢していたのに」

めいっぱい汗を流したあとの体重は、

「二キロも減っていて、脱水症状を起こしそうだった」と、かみさんは言う。

わたしとしても、息抜きをしてきたわけではなかった。しらふで帰ってきたのだが、かみさんの気持ちを察して謝った。

このところ、内も外も波風たたず、きわめて さわやか。

夫婦 揃って 少々ふとりぎみなのが気がかり といえば気がかり。


（一九八二・〇八）

風景画

娘の佳子は描いた絵を教授に見てもらった。自分では下手だと思っていた一枚だけ、

「見られる絵だ」と言われた。あとの四枚については、

「これは君、部屋の中で描いただろう」と指摘され、

「風景は外で描かねば」と諭された。

風景といっても花の絵だ。外で描いた物と 中で描いた物とを ひと目で見分けるとは「驚きだ」

と わたしは言った。

「長年 描いていると 分かるんだよ ねえ」佳子は そう言った。


（一九八四・〇一）

嫁ぐ娘

ようやく式をおえた。

華やかな笑いに囲まれ わたしから やや離れた通路を歩いていた娘は、 わたしに気づいて立ち止まった。 友らに何ごとか ささやき、 わたしに近づいた。

「お父さん、 写真 撮ろうよ」 と言う。 カメラマンを呼んだ。 まばゆいフラッシュに照れた。 娘と腕を組むのは初めてだった。

「じゃあね、 お父さん」 心配そうにしながら、 娘は 急ぎ足で友の待つ場所に戻った。

わたしが淋しげに見えたか。 娘には そう映じたかもしれない。

（一九八七・〇五）

軽い給料袋

給料袋を妻のレイ子に渡した。 受けたレイ子は、 さりげなく仏壇の引き出しに収めた。

現役の頃は、 神棚に給料袋を上げ うやうやしく柏手《かしわで》を打ったものだ。 嘱託になって、 中身は軽い。 扱いは雑になった。 おもわず ふきだした。

（一九八七・〇八）

余　生

東京通いに終止符を打った。 (待ちに待った……) と いいたいところだが、 二週間ちかく経った今、 さほどの感傷は 実のところ ない。
昭和二十六年 （一九五一） 九月、 三浦三崎の魚市場に実習で行った。 正式なサラリーマン生活は昭和二十七年四月からだ。朝、「行って参ります」と家を出で「ただいま」と帰宅する暮らしは幼稚園の頃から始めた。給料生活は三十九年六か月。今 五十九歳半。幼稚園に行った五歳から通算すれば、五十四年間も、朝に出て夕べに帰る暮らしをつづけた。

働きづくめの暮らしから開放された。借り物の地位と名誉は消去した。

趣味は創作。話は一代 記録は末代という。残しておけば いつか役立つ。

書き残したい事柄は これからも書きつづける。


（一九九〇・〇五）

しっぺがえし

このごろ妻のレイ子は 隣にいる孫の面倒ばかりみていて わが家の掃除も疎《おろそ》かにしている。
文句を言うと しつこく盾《たて》を突いて反抗する。わたしは声を荒げ、膨《ふく》れて早寝した。
レイ子は遅くまで片付けものをしていた。
午前三時ころ、レイ子は わたしの耳元で寝ごとを言った。苦情の大声だった。
寝言で しっぺがえしするとは できすぎている。

（一九九〇・〇六）

聞き違い

縁側に上がって日向ぼっこの、飼い犬のクマ。

「そんなとこ あがっちゃ だめ。降りなさい」と レイ子。

「言うこと 聞かないと、ぶつよ」手を振り上げる佳子。
ふたりの大声に 木陰の人影。途中まで降りてきた電柱の作業員、
「なんだ、犬のことか」また上って行く。
気の毒をした。

（一九九一・〇三）

ふるさとのおもいで 〈母マサミ手記〉

岩手県の江刺《えさし》で生まれました。正月の来る前から 雪は降ります。雪が降らないと 正月は来ませんでした。正月には二〜三尺も積りました。私は五人兄弟の真ん中の 女ひとりだったので、だいじに育てられました。袷《あわせ》に綿入れを着て、その上に綿入れの半天を着せられ、病気にならないように温められました。父は、木の板で合掌にし藁《わら》で囲んだ室《むろ》の中の、野菜を橇《そり》に乗せ、町に売りに行きました。かならず土産を買ってきてくれました。羽子板も買ってきてくれました。羽子板の羽は、いかいかいかいか、どんぐりに穴をあけ、鳥を撃っていた人から羽をもらい、つくってくれました。雪の日は炬燵《こたつ》にはいり、貝殻《つぶ》でおはじきをして遊びました。雪が降り始まると、父と兄は白菜を担ぎ、北上川に洗いに行きました。水は温かいと言っていました。暮れに煤払《すす》いをし、餅をつきました。餅は伸《の》し、餅莚《ござ》で干し、藁《わら》の はいった箱に収《おさ》めました。正月の朝、父は、神棚や仏様にお参りし、深い囲炉裏《ろり》に薪《まき》を焼《く》べ、まわりの灰を掻くと熾《おき》が出てくるので、それで餅を焼きました。家は藁葺《わらぶ》きです。雪は滑り落ちて山盛りになります。父と兄は雪掻きをして道をつけ、親戚が年始に来てくれるのを

待ちました。餅を焼いて もてなしました。お年玉をもらうのが とても楽しかったです。

（湘南ホーム機関紙「ともだち」一九九二年一月号に掲載（聞き書き））

アヒル

高血圧で母は倒れた。アヒルの生き血を飲ませると「病に効く」という。

「鳥の餌を売っている店に聞いてみたらどうか」教えられた。

その店の婦人に、

「メンかいオンかい？」と尋ねられ、

「えっ、なんですか？」問い返した。話を重ね、ようやく分かった。

男の病人なら雌鳥《メン》の血を、女の病人なら雄鶏《オン》の血を飲ませるのだという。性別を三崎弁で問うたのだ。顔を赤らめる婦人を気の毒に思った。

（一九九二・〇二）

夫婦行脚

父が他界して十四年を経った。

春先、わが家の玄関前の田圃《たんぼ》の土手で、ひとつの握飯《おにぎり》を ふたつに分けて食べる 質素な身なりの老夫婦を 母は見たという。

「夫婦って いいねえ」八十七歳の母は潤《うる》んで言った。

諸国行脚する老夫婦は かなり いるようだった。

（一九九二・〇四）

悪　評

わたしの書いた『漁人の闘い』について、月刊誌〔水産世界〕の編集長から電話を受けた。日本鰹鮪漁連《ニッカツレン》の某氏は「あんなことを書く人ではないと思っていた」と批判したらしい。

月刊〔水産世界〕に わたしは五年間 コラムを連載した。

また、二十二年ちかく在職した わたしの古巣の 県鰹鮪漁協《マルセイ》の何方《どなた》かも、わたしを白眼視しているという。

「それは良かった」と、わたしは言った。なぜと言って、せっかく書いたわたしとしては、無視されるのが いちばん怖い。

「強烈な批判は精読してくれた証《あかし》。ひさかたぶりに、書き続ける意欲が一気に湧いた」と言うと、編集長は納得した。そこで一句、

世を捨てた つもりが時に 血の騒ぎ

（一九九三・〇二）

人　相

定年後、二年余が経過した。

ようやく自分の人相を取り戻したように思える。

（一九九四・〇六）

花一輪

ワープロに熱中して気づかなかった。いつのまに朝顔が一輪、わが部屋に活けてあった。女房殿も、たまには味なことをする。（一九九六・〇七）

みんな地球のいちぶ

津久井浜小学校三年三組　小島本葉

おすもうさんの池田さんは、こしがいたくて入院していました。池田さんは言いました。

「こしさえいためなきゃ、ゆうしょうまちがいなしだったんだけどなあ」

あたしも一年生のとき、リレーでぼうしがとれて、それをひろいに行き、ビリになったことを思い出しました。今もはずかしくてざんねんで。だから池田さんの気持ちが分かるような気がします。

ふうこちゃんは、川原であつめたさてつを池田さんに見せました。ふうこちゃんは、

「さてつは地球のなかみなんだよ」と言いました。池田さんは、

「鳥は木の実を食べるだろう。人間も土から生まれたものを食べるだろ。そしたらみんなみんな地球のなかみとつながってんだな」と言ったので、ふうこちゃんは、うれしくなりました。さらさらのさてつを手にとってそれを見ながら、二人は『これが地球のなかみなんだな』と思いながら、あったかい気持ちになっていたんだろうなと思います。

次の日、またお見まいに行った時、池田さんはカッパとすもうをとったという話をしました。れ

なちゃんはうそだと言いましたが、わたしはいるかもしれないと思います。それは世の中にはふしぎなことがいっぱいあるからです。もともと岩だったのが細かくなって、さてつになっていくのもふしぎなことだと思います。お姉さんがさてつを岩のくずみたいなものだと言った時、悲しくなりましたが、池田さんが地球のいちぶだと言ってくれたのでうれしくなりました。

池田さんは、けがのためおすもうさんをつづけられなくなりました。その時ふうこちゃんは言いました。

「ただの池田だっていいじゃない。あたしだってただのふうこよ。ただのふうこだけど、地球のいちぶよ。さてつとか、人間とか、いろんないちぶがあつまって、ぜんぶになるんだよ」

池田さんが退院する時、ふうこちゃんは、集めたさてつを半分こしようとしました。けれど池田さんは、

「これ、地球に返してやろう。そしたらぜんぶ、おれとふうこちゃんと、りょうほうのさてつになるだろう」

そしてそれは地球全部のさてつです。

ふうこちゃんは空っぽのビンをのぞいて、遠くの山がくっきり見える感じがしました。池田さんもそういう気持ちだったと思います。

強くてやさしい池田さんです。

わたしはただのわたしです。

そして地球のいちぶです。
いろんないいちぶが集まって、なかよく元気な地球にしたいです。

（小島本葉は著者の孫娘。一九九七・〇九）

〔先生のコメント〕小島さんの作品は学校代表として読書感想文コンクールに応募しました。

うみほたる

川崎と木更津を結ぶ全長十五キロの有料道路「東京湾アクアライン」が来月 開通するという。開通前に木更津の人工島がこのほどライトアップされ、新聞で紹介された。綺麗だ。海蛍と名付けたらしい。

わたしが馬堀にいた子供のころは、海蛍《うみほたる》とはいわなかった。単に夜光虫《やこうちゅう》と言っていた。闇の海に動く夜光虫の輝きで、ワタリガニをたくさん捕えた。

＊

半世紀前、実習生だったわたしは、練習船で、夜の瀬戸内海《せとうち》を歩いた。色とりどりの灯台の光が明滅して、実に美しかった。

＊

四半世紀前、わたしは津久井から三崎まで自宅通勤していた。勤めの帰り、バスで、引橋の辺りまで来た。静かな星の瞬《またた》きと暗い緑の峰は 美しい。と、相模湾寄りの峰から、赤や緑の どぎついアーチ型のネオンが 強く目に喰らいついた。商い優先の世相とはいえ、美観を損ねる無神経さに、無闇と腹が立った。山並みの静かな風情を台無しにして憚《はばか》らない無節操に、かなりの批判が その筋に集中したものと思われた。まもなくそのネオンは撤去された。

（一九九七・一二）

野　鳩

朝、資源ごみを集積場に出した帰り、庭を抜けて家に入ろうとした。と、子供用の鉄棒に停まる野鳩に気づいた。すぐ側《そば》なのに 羽ばたく姿勢をとらず 逃げようとしない。信用されている様子で嬉しかった。脅《おど》さないように そっと通り抜けた。

「うちの鳩だよ」とレイ子は言う。野鳩を「わが家の鳩」とは言い得て妙。

二～三日まえ、レイ子から、「裏の藪椿に、野鳩が二羽 巣作りをしている」らしい話は聞いていた。

（一九九八・一二）

寒緋桜

春陽気だ。鉢物の寒緋桜《かんひざくら》は紅をさした。日に日にふくらむ。庭に出し 陽の光を当てた。

洗濯物を干しおえ 目を凝らしていた娘の佳子は、 さっそく絵筆を持ってきて 写生をはじめた。

その様子を部屋から見て わたし、

「おいっ、 お客さんがついたぞ」 妻のレイ子に告げた。

「そっとしておきなさいよ」

舞い降りた小鳥のように、 おどろいて飛び立たないように、 気配りをした。

週に何度か佳子宅を訪れる日本画の生徒さんたちの 「教材づくり」 らしい。

二日ほどすると、 桜の鉢は消えていて、

「お借りしますって 佳子が持っていったけど、 いいでしょ」 と妻は言う。 うなずいた。


（二〇〇〇・〇三）

気　弱

急に呼び鈴。

「お父さん、 あけて」

最初は娘の声と思った。

せがれの声だ。 それも子供のころの トーンの高いせがれの声だ。

「なんだ どうした?」

時計を見た。 三時半だった。

「あけてよ、お父さん」

「こんな真冬に どこへ行ってたんだ。それに こんな朝早くに。お母さんは一緒か?」

起き上がって 目が覚めた。夢だった。

玄関に行った。灯りをつけた。異常はなかった。あらためて床に就いた。

せがれは まだ帰っていなかった。店のやりくりに忙しく、このところ帰りは遅い。打ち解けて話す機会もなかった。せがれの声を 心のうちで聞いた気がした。

なかなか寝付けない。

まどろむうちに 父を思った。七十四歳十か月と二十二日で他界した。わたしも残り十二日で父の寿命だ。と、こないだ数えたばかりだった。

気弱《きよわ》な自分に気づいた。

（二〇〇六・〇二）

後　輩

「おじいちゃん、あたし 後輩になったからね」と 孫娘の もとちゃん。

「えっ、どうした?」と わたし。

東京海洋大学 海洋科学部 海洋生物資源科 に進学が決まったという。

受験の予告なしだったから、心底 驚いた。目出度い。

パパの量さんは早大理工学部博士課程卒。ママの佳子は横浜国大教育学部修士課程卒。理系と文系の先生がしっかり勉強を見てくれる。孫たちは恵まれている。

（二〇〇七・〇三）

初渡航

孫娘のてるちゃん、高校から選ばれてオーストラリアに行った。出かける間際、パパとママと姉と弟に、「じゃあ行ってくるからね。元気にしていてよ」大きな声で挨拶した。二度 繰り返した。

レイ子とわたしにも同じように言い、「本当《ほんと》だよ」真顔で念を押した。出かけるほうが みんなから心配されるのが普通なのに。高校三年にしては大人っぽい。

旅行の安全を神仏に祈りつづけた。

二週間ぶりに てるちゃん、成田に足を着けたと聞いて、大いに安堵した。

夕刻、てるちゃんの顔を見て、

「無事に帰って来てくれて有難う」と言うと、照れた てるちゃん、自分の家に駆けて戻った。


（二〇〇八・〇八）

先生の卵

てるちゃん、多摩大学 教育学部 教育学科に第一次試験合格。

卒業すると中学校と小学校の 先生の資格がとれるという。

レイ子と抱き合い、大喜びだった。目出度い。


（二〇〇八・一〇）

童　謡

裏隣に新築した二階で、小さな女の子が精いっぱいの大声で歌っている。どんな歌か分からないが、わが家の飼い犬のマツは 聞き慣れない声に犬小屋から飛び出し、妙な声で遠吠えをした。

歌声の子と思うが、一週間ほど前、「お母さん、おしっこ」と叫んでいた。懐かしい台詞だ。どこの家の子にしろ、小さな子の明るい声は嬉しい。

まだ家族全員が移り住んだようにも思えない。そのうち挨拶に見えるだろう。

（二〇一〇・〇四）

みかん苗

シークワーサの苗を園芸店で見つけ、早速 買ってきた。沖縄名産の酸っぱい小蜜柑《こみかん》だ。

「どこに植える？」と妻に聞くと、

「みかん苗ばかり集めて どうするのよ」ちょっと おかんむり。

「みかんの木の多い庭は縁起がいいって言うぞ」

「それにしたって、せまい庭に みかんの木ばっかり……」

「孫や曾孫が喜ぶじゃないか」

「曾孫って まだ居ないのに」

「見られないとは限らない」

みかんを持った小さな にぎりこぶしを わたしは想像して 嬉しくなった。

夏蜜柑《なつかん》と酢橘《すだち》と白羽《しらは》柑子は、時季になると わが家の食卓を にぎわす。

紀州小蜜柑と三宝柑《さんぼうかん》と相模柑子《さがみこうじ》とクネンボは だいぶ背丈を伸ばした。酢橙《すだいだい》と甘橙《ネーブル》とレモンも順調に育っている。

むかし、この地方で大いに栽培された柑橘類は、これからも大事にしたい。

陽の恵みを めいっぱい たくわえ、梢に残った硬い果実の 濃《こく》のある滋味を思い起こして、わたしは生唾《なまつば》を飲んだ。

（二〇一〇・〇五）

釣りロボット

人が月に降り立った一九六九年の頃だった。遠洋漁業は人手不足に悩んでいた。

ロボットに魚を獲らせる方法を提案すると、市場関係者は「幾ら金が掛るか分からねえ そんなこと、絵に描いたボタモチだ。できっかないよ」大笑いした。

「船員の働き場を狭める考えには反対だ」ことばを荒げる向きもいた。

「技術が進めば採算も合うようになるだろう。ロボットに漁撈させる時機は来ると思う」

水産試験場の人は賛成した。

農業も医療も、ほかの分野でも、外国人の手助けを求め、それでも足りずにロボット利用を進めている。漁船に乗る若者は年々減り、外国船員は増えた。漁撈ロボットの導入が労使を含む当事者間で論議される時機に来ている。

何から何までロボット頼みではコストが嵩《かさ》み実現は遠のく。すぐにでも実行できそうな部分から人の力を機械に置き換えればとっつき易い。

魚釣りもロボットづくりも好きな中学三年の孫息子の一穂君《いちくん》にこうした考えを言うと、真顔で頷いた。身近な理解者が頼もしい。

（二〇一〇・一〇）

犬猫の仲

犬のマツを連れて散歩の途中、猫がいた。飼い猫のようだ。毛並みがいい。マツが気づかないうちに、猫は気づいていた。背を丸め、低く唸っている。気づいたマツが唸り出した。猫は逃げない。マツと向かい合って唸る。

「なんでこいつ、逃げないんだ」と言ったふうにしてマツは唸る。両方とも敵意は薄い。どちらからともなく唸るのをやめ、互いに観察し始めて数分、マツが目線をはずした。負けた感覚はないらしく、「つまらない奴」と言ったふうに横を向き歩き出した。両方とも感情を剝き出した闘争には馴れていないらしい。興味本位に成り行きを見ていたわたしも、無意味だった時間つぶしを軽く悔やんだ。

（二〇一一・〇二）

いたわられ

眼科に行った。呼ばれて、待合室から中に入ろうとすると、看護婦さんに、「ゆっくり歩いて下さい。ゆっくりでいいですよ」思わず苦笑。年寄りの歩き方をしていたのだ。

翌日、歯医者さんに、「久しぶりです。変わりありませんか?」「変りました。奥歯が欠けました」「年季が入《はい》るとあちこち故障の起きるものです」言われ、やむをえずうなずいた。

（二〇一一・〇四）

タケノコ

午後、背伸びした若竹《わかたけ》の頭を揃える仕事をしていた。隣家の垣根越《フェンス》しに、「お早う」と、女の子の控えめな声。三〜四歳の娘がわたしを見ている。わたしは笑って手を挙げた。女の子は、こっくりをした。

午後なのに「お早う」を言うのは、小さな女の子らしくて可愛い。

＊

三月《みつき》まえ、松の内が過ぎて間もなく、その娘が、わたしに、「もらったタケノコで、お母さんがタケノコごはんをつくってくれたよ。おいしかったよ」と、わたしに言う。去年の春にあげたタケノコの礼を言ったのだった。

「そう、よかったね。今年のは まだ寒いから出ていないけど、暖かくなって出てきたら また あげるからね」 そのとき そのように約束した。

＊

三月《みつき》後の暖かな朝、わが家の庭にタケノコは顔を出した。わたしは直ぐに掘り、娘のお母さんに渡した。娘とわたしとが約束したことも話した。

「あの子はタケノコが大好きなんです」 お母さんは礼を言った。

二階から娘と その妹が大きな声で「ありがとう」と手を振った。

＊

今朝、声をかけられたわたしは、その娘と（友達になれた）と思った。

（二〇一一・〇五）

メシのタネ

ご労作の資料 一気に読みました、貴方は築地、わたしは三崎でしたが、お互い学舎《まなびや》を出でて、以来 マグロをメシのタネにした同志です。鮮度保持 一筋に打ち込まれた貴方は見事に大成されました。敬服します。

わたしは といえば、魚市場での鱗《うろこ》まみれの仕事をつづけた後、外地駐在。帰国して一船《いっせん》買いも手がけました。東京勤務では お世話になりました。

さまざまな人との出会いを、わたしは逐一メモして たくわえました。いま読み直しますと、当時の苦渋は滋味に変わります。

昨年 発行した拙作『歳月の彩り』を同封 お送りします。お暇の折り お読みいただければ幸いです。

「昔のことを今さら なんで?」と思う向きも居られるでしょうが、書いておかねば やがては消えて忘れられることがらです。未来《これから》を考える糧《かて》として、いつか 誰かが読んでくれることを期待し、書きつづけたいと思っています。

わたしの住まいは田舎です。四百坪ほどの敷地内に、古しい わが家と、娘夫婦の自宅と、庭と畠と、百坪余の貸駐車場があります。わたしと かみさんと せがれ、娘夫婦と孫三人、日々 のんびり過ごしています。

孫娘は今春、われわれの母校 海洋大を卒業後、総合研究大学院大学国立極地研究所に入学、南《なん》大洋《たいよう》の微生物に没頭しています。時折、鮮度のいい情報を聞かせてくれます。

貴方のご健康と益々のご奮闘を期待いたします。

(二〇一一・〇八)

遠浅の海

貴簡拝受。ご健勝 何よりです。小生も、としのわりに 元気です。

お互い 八十歳《やそじ》の今、戦争や飢餓の苦境を乗り越え 生き続けられたのは、運気に恵まれたというべきでしょう。弁護士の貴兄は生涯現役。世のため人のため 益々尽される様、期待致します。

小生は あと少々 世間を眺めて暮らせたら幸い と思っています。

小学校も中学校も同級だった貴兄と小生。共に過ごした馬堀海岸も、当時とは だいぶ 様代わりしました。「昔は良かった」は年寄りの常套句 と若い者から横目で見られるのは承知の上で、あえて そうした感慨にふける時間が多くなった気がします。

ついこないだ、あの海岸でたくさん捕れたワタリガニについて、博物館に問い合わせたところ、「居るには居るが、少なくなった。原因は稚蟹《ちがに》の育つ干潟が無くなったから」だそうです。魚も蟹も貝も豊かだった遠浅《とおあさ》の海は ほとんど見られません。あの当時 あの浜で 地元の漁師が海苔粗朶《のりひび》を営んでいたのを、貴兄は覚えておられるでしょうか。

囲碁、園芸、創作が小生の趣味です。碁は三段ていど。若い仲間に元気をもらっています。園芸ですが、高い庭木の剪定は危ないので市の シルバーセンターの職人さんに頼みます。畠は地産地消です。農家の話では、日照りのつづいた今年は、スイカもカボチャもトマトも、いつも八月中頃まで収穫できるのに、初旬に もう萎《しな》びてきたそうです。ひと雨 欲しいところです。

お元気で お過ごし下さい。


（二〇一一・〇八）

丸かじり

日照りつづきだ。畠の水やりを欠かせない。

何度も枯らし、何度も追い蒔きをしたキュウリの棚に、ようやく実を見つけた。

「もとちゃん居るか?」

「なにぃ、おじいちゃん」

「これ、よく洗って、味噌つけて齧《かじ》ると旨いぞ。食べてみな」

「うん、ありがとう」

寸刻して、

「あまくて おいしかったよ、おじいちゃん」窓越しに、もとちゃんの声。

「そうか、よかったな」

このところ もとちゃん、東京に行ったきり 勉強中。帰宅は土曜と日曜だけ。

博士課程の大学院生にキュウリの丸かじりは似合わないか。

でも、旨いものは旨い。


(二〇一一・〇九)

長寿に期待

一か月に一度 通院する眼科の先生、

「目の血管が若い。長生きできます」そう おっしゃる。

「ほんとうですか。本気にしちゃいますけど」

「それに貴方は瞳が大きい。瞳の大きい人は丈夫です。自信 持っていいです」

有り難い話だが、早い遅いは別にして、体力の衰えは否めない。


（二〇一一・〇九）

コンビニ強盗

「コンビニで二万円を強奪し逃げた」とテレビが言った。驚いた。

「正月三《しょうがつさん》が日《にち》には、泥棒や強盗も仕事を休む」と、警官だった父から聞いていたからだ。

この手の犯罪《わるさ》から、祭祀《まつりごと》への畏敬の念は、疾《と》うに消えていた。


（二〇一二・元旦）

華やかな生涯

急な知らせに驚きました。彼とは水講当時からの付き合いでした。としもおなしくらいで 気の良い男だったので、特に親しくしてきました。彼と久里浜の巻網《あぐり》舟に乗りました。米軍のホテルでアルバイトしました。俊鶻丸《しゅんこつまる》の乗船実習も一緒でした。

逗子駅前で 彼の父上に紹介されたことがありました。彼は「こわいおやじ」と言っていましたが意外に「ひとあたり」のいい方でした。いつだったか 貴女様のことも 聞かされています。

ニッスイのトロール部長に就任した際は「遠くの人」になった気がしました。

戸畑の自宅での新年会には「百四〜五十名の来客で ごったがえした」と 役員に昇進の折 聞きました。表通りを華やかに歩きつづけた人生でした。もう一度「彼と話したかった」と 悔んでいます。
ご主人のご冥福を心からお祈り申し上げます。
貴女様も どうぞ ご自愛専一に お過ごし下さい。
からだがおとろえ お葬式に出られず お許し下さい。

（二〇一二・〇一）

こわがるマツ

揉療治《もみりょうじ》の先生が部屋から外に出てきた。助手の人に手伝ってもらってサンダルを履く。

テラスに降りた先生、吠えるマツのほうに向けて、

「よしよし」と、しゃがんで 手を差し述べた。先生とマツとは、かなりの距離がある。

先生の様子に、いつもとは違う人の目を見たからか、吠えるのをやめ、こわいものを見たふうにして、すごすごと小屋に入ってしまった。

犬は瞳《ひとみ》の色を窺い、吠えるのだと分かった。

強気一点張りのマツが あんなふうに、吠えるのをやめる様子は、始めて見た。


（二〇一二・〇五）

落とし穴

わが家の外壁と雨樋に挟まってアブラゼミがあがいている。梯子を使って助けた。驚いたことに四匹も挟まっていて、いずれもアブラゼミで、いちばん下の一匹は乾涸《ひから》びていた。生きていた三匹は無事救出した。とんだ人助けならぬセミ助けをした。

（二〇一二・〇八）

ラスパルマスで

お送りした拙文『なんふね』をお読みいただき、ありがとうございます。商社に長く勤められた貴方だけあって、きめ細かいご指摘、嬉しい限りです。貴方もお出でになったサモアの風物など、時と所を ほぼ わたしと同じくする貴方ご自身の体験も、懐かしく思い起こしました。

サモアで寝起きを共にした伊東佑英《すけひで》さんにも『なんふね』を送るつもりでしたが、数年前に亡くなられたとお聞きし、実に残念です。なんでも話し合える兄のような人でした。

ラスパルマスでは、わたしが飛行機から降りようとすると、だいぶ離れたタラップの上に貴方が居られ、電報用紙を掲げて、

「男の子さんが産まれましたよ」

せがれの誕生を、大きな声で知らせてくれた あのときの様子は、考えれば四十八年前になりますか、今でも はっきり憶えています。いろいろとお世話になりました。

『なんふね』の書評を、神奈川新聞が載せてくれました。お送りします。お元気でお過ごし下さい。

（二〇一二・一一）

生まれ故郷

貴方が載った新聞記事を郵送していただきました。

思いのこもる数々の話を繰り返し読みました。

今から五十五年前の「終戦のころ、町でアイスキャンデーを買ったところ、砂糖のかわりに塩を使っていた」と貴方から聞いたのを思い出しました。

砂糖がとても貴重品だったあのころ、甘いと思ってかぶりついたキャンデーの塩辛いのに、目をシロクロさせる貴方の様子を思い浮べ、甘味料の溢れる今となっては、ほほえましい限りです。

時代は降って、貴方が社長をされていた二十五年前でした。息抜きで古里《ふるさと》の徳島に帰られたとき、緊急の用事で わたしが貴方のご実家に電話したところ、貴方の実のお姉さんが受話器を取られました。

話の合間に、女医さんだったお姉さんは 嬉しげに、「あの子は、あたしを『お母さん』と呼ぶんですよ」と話されたのを思い出しました。

ここでの「あの子」は、貴方を示していることは すぐ分かりました。業界でも社内でも恐れられていた貴方も、（故郷に帰れば母を慕う普通の人に戻る）のだと思って、さらなる親しみを覚えたものでした。

戦国時代からつづくご生家の武家屋敷は、高価な美術品も含めて、今も大事にされているものと拝察します。


（二〇一二・一二）

死に損なった？

「送ってもらった『なんふね』読んだ。ありがとう。あんた、今は元気らしいけど子供のころは扁桃腺で直ぐ熱を出して。お父さんお母さんに苦労をかけて。

大学にはいってからも、関節炎と筋炎で生きるか死ぬかの大病して。そのころペニシリンが高くて、なかなか手にはいりにくくて。ペニシリンで助かったんだよ あんたは。

あんたのお父さんが、「俺の息子だ。死にっこない」だなんて強がり言ってたけど、ずいぶん苦労をかけたこと忘れなさんな。あのころ病持《やまい》ちだったあんたが今は元気だなんて。死に損なったんだよ あんたは」

従妹《いとこ》の話は暫く続いた。


（二〇一二・一二）

蛙釣り

孫娘の てるちゃんの就職先が久里浜の小学校に決まった。
「お爺ちゃんも 小学校一年生のときは、長安寺の裏の久里浜小学校だった。まわりは田んぼだった」

とわたし、

「休み時間に、友達と田んぼで蛙釣りに熱中し、授業に遅れ、きつい女の先生に、廊下に立たされた」と話すと、

「教室の外に立たすと今は体罰。教室の中なら構わないんだけど」と、新任先生の てるちゃん、註釈する。

「なにしろ、小学校一年の子が作った雑草の吊り輪で釣れたんだから、そのころの蛙は今より呑気だったのかもしれない」と話して、孫三人の笑いを誘った。

(二〇一三・〇三)

アタマノタイソウ

お便り有難うございました。クラス会は欠席します。出不精ご容赦ください。

お元気のことと拝察します。小生も、としのわりには元気、と自分ではそう思っていて、まわりの人にも そう言われますが、八十二歳ともなると正直なところ、それなりの衰えは感じます。

アタマノタイソウと思って、近くの会社の広報誌に毎月コラムを書かせてもらっています。早いもので、来月号で六年間の連載です。評判が良いと ほめてくれますから、もう少し続けるつもりです。学生の頃から打っていた囲碁は、最近、負けてばかりいて、思考力低下を自認、意を決してやめました。

カラダを動かすほうは、野菜づくりと庭木の剪定で間に合わせています。

毎年、裏庭にタケノコが出るので、昨日も兄弟や近所に配りました。喜んでくれて嬉しいのですが、掘るのに ひと苦労です。

陽当たりを考え、昨秋、庭木を大胆に伐採したところ、暖かくなってから、雑草《したくさ》に混じって芹《せり》がたくさん芽吹き、忘れかけていた旬の味に出会えました。田舎ならではの楽しみですが、孫たちは灰汁《あく》が強めの芹、蕗《ふき》、三葉《みつば》などの野草をあまり好まず、喜ぶのは娘や息子の世代まで。少し寂しい感じです。諸兄のご壮健を心からお祈りします。

（二〇一三・〇四）

ロボットづくり

孫息子の いちくん から、

「筑波大学の入学許可がインターネットで公表された」と知らされた。

いちくんを含め全国で十人が理工学群工学システム学類に合格したという。ロボットづくりを勉強するらしい。

「おめでとう」と言って いちくんと握手した。

「きょうは休肝日を休んで飲み過ぎないように乾杯するよ」と言うと、いちくんは笑った。

いちくんと もう一度 握手した。

（二〇一三・一〇）

世間話

数日前、晴れた日だった。

隣の家で、同年齢《おないどし》と思われる女の子が二人、縁台に並んで座って話し込んでいた。大人の女性の世間話と少しも変わらない風情を、小さな娘が演じている。笑うでもなく怒るでもなく、ごく当たり前に、静かに、身近の友達や、小鳥や、草花などの話をしているのだろうが、それが たまらなく板に付いていて、とても かわゆかった。

（二〇一三・一〇）

カジキマグロ

六〜七十年まえのマグロ漁船はほとんど木造船だった。船の背骨に当たる部分を竜骨《りゅうこつ》といった。竜骨を船大工は敷《しき》と呼んだ。敷につながる船底の板（竜骨翼板）を加敷《かじき》と呼んだ。加敷は、ほかの外板《がいはん》よりも、厚い頑丈な板を使っていた。こうした頑丈な板を、怒って暴れると、硬い長い鼻で突きとおす魚がいた。この魚を漁師は加敷通《かじきどお》しと名付けて怖がった。これが訛《なま》って通称カジキと呼ばれるようになった。

（筆者〔サシミまぐろ〕より）

＊

テレビ局の若い女性から電話がかかってきた。子供向け番組を担当する人らしい。わたしの書いた『マグロの話』の出版社から紹介されたということで、カジキの名前についての質問を受けた。

冒頭の一文を、かいつまんで話した。質問は続いた。

「カジキマグロって、マグロでしょうか？」「ほんとうは違います」

「では、なぜカジキマグロと言うのですか？」「カジキもマグロも赤い刺身になります。カジキというよりマグロと言ったほうがたくさん売れるので、だいぶ前からカジキマグロと言われるようになっています」

「どういう人が名付けたのですか？」「三崎とか焼津とか築地など、たくさんマグロやカジキを捌いていた仲買《なかがい》の人たちでしょう」ここまでは良かった。

「三崎って、どこの地名ですか？」の質問に、わたしは一瞬、押し黙った。地理に弱い若者が多いとは聞いてはいたが、思い直して返事した。

「三浦半島の突端にある漁港です」

「書かれた本は、その三崎に行って、色々訊いて歩いて、まとめたのですか？」この質問にも些か驚いた。本の〔著者経歴〕を読めば分かるのに。当の三崎の魚市場で二十年余の間働いていたことを更めて話し、わたしは気持ちを静めた。

「分からないことがあったら、また電話していいですか？」

「どうぞ いつでも」世間馴れしていない新社会人と理解し、話を はしょった。（二〇一四・〇八）

里山に浜風

似ている顔

世間に似た顔は三人いるそうです。

中学生のころ、わたしとそっくりの下級生に出会ったことがありました。一刻《いっとき》見つめ合いましたが、お互いに落ち着きを失い、急いで反対方向に駆けて離れました。

＊

東海道線で、二宮駅を過ぎ、鴨宮駅に停車したときです。ホームを歩いている父を見て驚き、目を凝らしました。別人でした。父が他界して、まもなくの頃でした。

＊

妻におんぶされ、部屋じゅうを見まわしていた孫は父の遺影を見つけ、わたしと見比べ、「ああ ああ」と声を立てます。まだ話せない孫です。

「似てるって言ってるんだよ」妻は孫の代弁をしました。

＊

父の法要に、九州から十数年ぶりに来てくれた従兄《いとこ》を見て、（近くで いつも会っているはず）なのですが、どうしても思い当たりません。従兄が帰って、しばらくして、ようやく気づきました。従兄の顔は、眼鏡をはずしたときの、わたしの顔でした。

（二〇一〇・〇六）

ヤマユリ

入梅になるとヤマユリが咲きます。花弁が大きく豪華です。以前は陽当たりのいい山の斜面に群生していました。

部屋に飾ると引き立ちますが、匂いのきつい花なので長くは置けません。やかましく飛びまわる蝿も、ヤマユリの匂いには失神して落ちてしまうそうです。

黄色い花粉は衣服に付くと なかなか取れません。活け花にするとき 家内はオシベをはずしています。

気むつかしい花で、だいじに育てても、なかなか きれいに咲いてくれず、長いこと失敗の繰り返しです。

あきらめきれず、冬になってから、新しい球根を いつものように買いました。

珍しく説明書がついていて、「腐葉土と堆肥を半々に混ぜて植える」と書いてあります。土に植えるのではなかったのです。この年は りっぱに咲きました。その後、専門家から、

「一般の園芸種は肥料を多く与え、花弁を大きく たくさん咲かせるように仕立てられたもの。野生のヤマユリには、多肥料は禁物」と言われました。さらに、

「風と西日の当たらない、乾燥しない、水はけのいい、自然に近い環境に置く。ゆっくり効く肥料を少し与えるといい」と教えられ、過ぎた施肥を改めました。

（二〇一〇・〇七）

カルピスわり

遠洋マグロ漁船に乗っていた同級生が、ひさしぶりに沖から帰ってきました。

財布の軽い、就職したての、夏の夜です。

焼酎のカルピス割りを、二階の事務所で飲むことにしました。

暑くなってきたので、まわりの窓を開け放ちます。

そよ風に気分は高まり、ふたりして黒田節を大声で唸りました。

歌声は魚市場前の凪の海面に気持ちよく反響しました。

掃除係りのおばさんが、おまわりさんを案内し、階段を上がってきました。

「やあ、ご苦労さんです。いっぱいやりませんか」コップを差し出して誘います。ごきげんにでき
あがっているわたしを、怒るにおこれない年配のおまわりさんは、

「勤務中です。十二時を過ぎました。静かに飲んで下さい」

笑って帰るおまわりさんに、

「お酒がはいると、とたんに元気んなっちゃう。どうしようもない」

おばさんは、しきりにあやまっていました。

あの頃の酒は無性に旨く、がぶ飲み荒食いも男の芸と心得ていました。


（二〇一〇・〇八）

ひとさまざま

行き来の激しい早朝の通勤時間です。

新橋の駅前広場に、まいにち仕事を探して暮らしているらしい、身なりにかまわない中年男性が、横断歩道に現れました。

片手に持ったケーキとおぼしき塊《かたまり》をぱくつきながら、小鳥のような口笛に合わせ軽やかに踊り始めます。ごきげんです。身ぶり手ぶりが「くろうとはだし」の、その道で鍛えた人のように見受けました。

急ぐあまり赤信号を つっきろうとしたライトバンに あわてて身をひるがえし、「ちょいと、あんた、危ないじゃないのよ」

トーンの高いしゃがれ声で叫びます。

ケーキを食べおえた彼は、バス待ちの大勢《おおぜい》の人を尻目に消えました。

金に縁は薄そうでしたが、しなやかに踊る のんきな彼を見ているうちに、(これも人生?)と思ったりしたものでした。

そのころの都内の地下街は、夜になると、かなりの人数が寝泊まりしていたように覚えています。

そうした人たちの食べ物は、意外にぜいたくだったようです。糖尿病に悩む人が多いと報道されていました。

(二〇一〇・〇九)

十五夜

あさっては遠足ということで、おさない孫は大はしゃぎです。

ところが前日の午後になると、天気は曇り出しました。お母さんに教えられた孫は、てるてる坊主を三つもつくり、軒先にさげ、

「あした天気にしておくれ」を何度も歌いました。

当日は大雨になってしまいました。くやしくてたまらない孫は、

「おてんとさまのバカぁ」空にむかって叫びつづけます。

にが笑いのおてんと様を、わたしは思い浮かべました。

＊

満月です。ススキやハギを活け、柿や栗や団子や お供え物をした孫は大声で、

「うさちゃん、降りといでえ」

餅つきに忙しい兎の代わりに、「おおいっ」裏声をつかって、わたしは答えました。

急に真顔になった孫は、

「うさちゃんが返事したよ」お母さんに しがみつきます。

「ほんとだよ、聞いたでしょ」

家族三世代全員で うなずき、おとぎばなしの世界に ひたりました。


（二〇一〇・一〇）

スニーカー

作業員宿舎に忍び込んだ泥棒ですが、金めのものが見当たらないので仕方なく、湯かげんよく湧いていた風呂にはいりました。のんびりしすぎてつかまり「ぬすむものがないのには驚いた」と言ったとか。

＊

ご婦人が二人して近所の家を訪れ呼び鈴を押しました。出窓から見知らぬ男が顔を見せ、「留守のようですよ」と言い、ぬぎすててあった長靴をはき、忙《せわ》しそうに立ち去りました。あっけにとられているうちに家の人が帰ってきて、「空巣《あきす》にはいられた」と大騒ぎになり、お巡りさんに来てもらったそうです。

＊

こないだ久里浜の温水プールに碁を打ちに行きますと、「トイレットペーパーを持ち帰るのは犯罪です」の貼り紙を目にしました。だいぶ前の石油ショックの時も、個人の自宅に侵入した盗人《ぬすびと》は、厠《かわや》の巻紙を持ち去り、ひとしきり話題になりました。

ゴム底の運動靴をスニーカーといいます。もともとは泥棒をスニーカーと言ったそうです。音を立てないところが共通点でしょう。

（二〇一〇・一二）

草食系

三崎の魚市場に行きました。わたしの古巣です。きさくに話せる後輩の責任者に、

「静かだね」

「仕方ありません」

「鮮魚《ナマ》をあつかえば活気がでるのに」

「やってはみました。買い手が手を出さないからやめました」

「やる気のある若手を集めて知恵を引き出したらどうだ」

「ところで、おとしは 幾つになりました？」

「数えで八十歳」

「元気ですねえ。でも、あまり元気だと、まわりに迷惑をかけませんか？」

「こんな無気力な状態では、お寺さんにいる船主や魚商の先代たちが、墓石ゆすって怒り出すぞ」

帰路、同行した海洋大学在学中の孫娘に、

「草食系が多くなった」と嘆きますと、

「大丈夫だよ おじいちゃん、その分、女が張り切ってるんだから」

なるほど、こないだの五輪でも、女性の活躍は際立ちました。

（二〇一〇・一二）

妙技

学徒動員に駆り出された中学三年生のわたしは 追浜航空廠《こうくうしょう》の工員宿舎で寝泊りをしていました。時おり慰問団が来て、剣劇、演歌、舞踊、曲芸など、いろんな芸を披露しました。

着飾った若い女性十数人は「東京音頭」「炭鉱節」などを踊って見せました。血気盛んな工員さんたちは大喜びです。座長らしい小がらな初老の男性が、

「では、私の踊りもご覧にいれましょう」挨拶をして踊りの輪に はいります。

「年寄りは引っ込んでろ」何人かの工員さんは大声で野次を飛ばしました。

座長らしい人は笑みを浮かべ 軽く会釈し、踊り始めます。彼の踊りを見ているうちに、会場は静かになり、野次は消えました。いつのまにか、観客全員の目は、その人の体と手足の動きに釘づけになっていました。踊り終えた座長と芸人さんたちは 横一列に並んで頭を下げました。会場は割れるような拍手です。

鳴り止まない拍手は、娘さんたちに混じって踊った座長一人に向けられていたことは、誰の目にもよく分かりました。よほどの達人だったにちがいありません。

だいぶん前の話ですが、あのときの感動は今でも鮮やかに思い起こせます。（二〇一一・〇一）

まっ赤なハート

小学校四年生のせがれが、「同級生の女の子からチョコレートをもらった」と嬉しそうに母親に話したそうです。知らないうちにランドセルの中に はいっていたらしく、

「あたしは君が大スキです。

どういうところがスキかというと、
おもしろくて元気があるからです。

これはないしょにして下さい。

チョコレートをあげます。六時に
食べて下さい」

ローマ字で書かれた かしら文字を せがれは判読し、

「転校してきた あいつ かもしれない。きっと そうだ」せがれは 六時 きっかりにチョコレートを食べた と妻は話しました。好きをスキと書いているところが可愛い とも言いました。いっしょけんめい きれいに書こうとした文字が こまかく並んでいます。しゃれた白い封筒には、大きくて真っ赤なハートの封印が描かれてあります。

ほのかな思いを せがれにくれた小さな娘に、父親として感謝しました。（二〇一一・〇二）

友だちのヒヨ

わが家の金柑《きんかん》が甘くなるころ、きまって鵯《ひよ》が一羽、様子見《ようすみ》に来ます。今年も、半月前から、ときどき来ている鳥は、顔見知りのようです。来る都度《つど》、窓越しに、わたしに挨拶します。

四〜五日も過ぎると、かぞえきれないほどのヒヨが群れてきます。三日ほどで、金柑の実は、あとかたもなく丸坊主にされます。

「網をかぶせておけば来なくなりますよ」と聞かされましたが、

「鳥も、食べ物を探すのに大変でしょうから」笑って済ませました。

きのうは、しばらくぶりに顔見知りが一羽で来て、地面にころがっている金柑を ほうばっていました。

くちばしを上に向けたり下にむけたり、なかなか呑み込めません。

ようやく食べ終わった友達のヒヨは、ほっとして わたしを見ました。わたしは うなずきました。

つかれたのか、葉を落としたモミジの木の枝にとまって、しばらく休んでいました。

飛び去る後ろ姿に、

「来年、また来いよ」わたしは声をかけました。

（二〇一一・〇三）

くわずぎらい

百年も前の話ですが、日清・日露の戦争に参戦した熊本の祖父は、食べ物に窮したとき、靴底の皮まで かじりました。

「食べ物に好き嫌いの激しい戦友は、まっ先に命を落とした」と言っていたそうです。

大陸で肉の味を覚えた祖父は、帰国後も、体調が思わしくないと薬食《くすりぐい》と称して、牛肉などを食べました。肉の匂いを毛嫌いしていた祖母は、家の外で、鼻をつまんで肉を煮ていたと父から聞きました。

わたしが生まれた昭和の初め、岩手からお産の手伝いに来た祖母は、刺身や肉やバターなどの生《なま》臭物《ぐさもの》をいっさい口にしませんでした。

わざわざ遠くから手伝いに来てくれた祖母に、なんとか好きな物をごちそうしようとした両親は、困ってしまったと言っていました。

父は言いました。

「なんでも食べられるようにしておかないと、一生のうちでは、どれほど損か分からない」

親の言いつけを守って、わたしは様々な味を覚えるように努めました。

「嗜好は、思考に通じる」と言います。食べ物を選り好みしないことで、考える広がりも期待できる、と言うことでしょう。

（二〇一一・〇四）

アシカ島

黒船の一行四百人が久里浜に上陸したのは嘉永六年（一八五三）でした。

太平洋戦争中、横倒しになっていたペルリ記念碑は、戦後、元通りに立ちました。

江戸のころ、海の守りのため、浦賀にいた武士の一団は、久里浜沖の海驢島《あしかじま》でアシカを捕って食べ、「はなはだ美味」と記しました。

昭和の初め、たくさんのクジラが久里浜の浅瀬にのしあがり、かたづけるのに大苦労《おおくろう》したそうです。

長いあいだ漁業経営をしている友達の話では、終戦直後は、数隻の駆逐艦が久里浜港につながれていました。こうした船は、韓国や中国に賠償として持って行かれ、軍艦として再利用されました。八戸や小名浜に運ばれて沈められ堤防にされた船もあったと聞きます。

外地引き揚げの人たちは、港から国鉄の久里浜駅まで、列をつくって歩いていました。ガソリン不足で車を動かせなかったのです。記録によれば、引き揚げ船内でコレラが流行し、故郷の土を踏めないまま三百九十八人が亡くなっています。

食料増産のため日魯漁業㈱が久里浜に漁業基地を設けたのは昭和二十二年（一九四七）でした。遠洋漁業が下火になって、ニチロは平成十九年（二〇〇七）に撤退しました。（二〇一一・〇五）

うわさのこわさ

昭和二十九年（一九五四）のことでした。ビキニの水爆実験でマグロを捨てたことがありました。毎日、保健所の人が魚市場に来て、ガイガー計数機をマグロに当てます。耳ざわりのする音が立つと、そのマグロは廃棄処分にさせられました。

水揚げ現場にいたわたしたち作業員は、そのマグロを山奥に運び、二メートルほどの深さに掘った大きな穴に埋めました。

獲ってきたマグロを もういちど沖まで持って行って、ぜんぶ捨てた漁船も数隻いました。魚市場に並んだマグロは一匹も売れず船に積みもどしました。

当時は就職難でした。就職して二年しか経っていなかったわたしは、（これからもここで働いてゆけるのだろうか？）心配したことを思い出しました。

昭和四十五年からの水銀さわぎの折も、ひどい苦労をさせられました。

あのころの大さわぎは今はもうあまり耳にしません。

（うわさのひろがりはおそろしい）と思います。

今回の大震災で、被災地の方々は家も船も流され、発電所の事故のため、獲った魚は売れず、丹精して作った野菜も、それに牛乳も捨てています。ほんとうに気の毒です。（二〇一一・〇六）

おくにことば

四十七年前でした。めったに邦人の来ない大西洋の離島に長く滞在し、心細い思いをしたことがあります。そんなとき、世界を巡っている初対面の日本人が立ち寄り、思いのたけ話ができると、深い親しみを覚え、日本語のありがたさを、しみじみ感じたものでした。

このあいだのことです。孫娘は同級生たちと、卒業論文について話していました。その輪に恩師の一人が加わりました。

淡水動植物の権威のその老教授は、研究成果を孫に語りはじめました。

友だちが孫を示し、「南大洋《なんたいよう》（南緯四十度以南の海域）の微生物を勉強中です」

教授は頷《うなず》き、「この学生に話しておけば、何時《いつ》か国のために役立つ」と応じたそうです。

忘れてしまっていたことばに接し、わたしは驚きました。

わたしが少年だった戦時中のころは「国のため」ということばをよく耳にしたものです。

当時と意味合いは少し異なるものの、重い大事なことばに気づかされ、わたしは教授に感謝しました。

表題の「おくにことば」は、方言と訛《なまり》の豊かな、日本各地の話しぶりを言います。

外来語のあふれるこのごろですが、日本語という御国言葉を、わたしは、これからも大切にします。

（二〇一一・〇七）

あかどうさま

岩手県平泉町の中尊寺は、このほどユネスコの世界文化遺産に登録されました。

中尊寺の構内にある赤堂稲荷は、地元の人から赤堂さまと呼ばれ、子宝を恵むお稲荷さんとして信仰をあつめています。

八十余年前、両親は赤堂さまに鳥居を奉納しました。祖母は茶断ちをしてお祈りしました。こうしてわたしは生まれました。

六歳のおり、父にともなわれ、赤堂さまをお参りしました。赤い鳥居がたくさん奉納されていました。

昭和二十年、終戦直後、お参りに行きました。ガソリンがなくてバスもタクシーも走っておらず、平泉駅から中尊寺まで歩きました。

道路脇の民家の「うどん有ります」の貼紙を見て三杯もお代わりしたのを思い出します。

そのころの横須賀近辺は極端な食料不足でしたから、この上ないご馳走でした。

昭和六十年ころ、出張の帰路、赤堂さまに寄りました。中尊寺裏の、大樹に囲まれた質素な舞台で、露地の筵《むしろ》に座る数人を前に能を演じる様は、時の重みを感じました。

古文書によれば、赤堂さまの赤は、閼伽《あか》とも書き、梵語《ぼんご》で水を意味します。お寺の盛《さか》っていた昔、赤堂さまの坂を降りた辺りに、人々をうるおす大井戸があったそうです。（二〇一一・〇八）

水の味

近県の一本釣りの漁船に乗った友だちの話です。昼食に「ガワ」というカツオのジュースをふるまわれました。釣ってすぐのカツオの身をミンチにかけ、きざんだネギ・ニンニクの浮かぶ大鍋の氷水に豪快に混ぜます。ミソ味の汁です。炎天下での重労働を一段落した後の冷えた汁は、さぞ旨かったことでしょう。

下浦近辺では水膾《みずなます》といいます。魚は獲れたてのアジ、イワシなどを使います。

暑い時季のわが家では、新鮮な野菜の冷汁《ひやしる》を味わいます。真水に氷を浮かせ、キュウリの薄切り、アオシソのみじん切り、白ゴマを薬味にして、生ミソを溶かし込みます。

生水《なまみず》と生ミソを使うのがコツです。熱を通した水やミソでは、望む味は出せません。菜園のオクラやミョウガを添えれば、旨みが増します。

長いあいだ大型商船で世界の港をめぐっていたアフリカ生まれの老水夫は言いました。

「飲み水は横浜で積むことにしていた。いつまでも味が落ちず、腐らない」しみじみ話していました。

「外国人は水の味を知らない」と聞いていましたが、まちがいだったかもしれません。

天下一の美味を問われた高僧は、

「冷や飯に水をかけて食べる」と応じたそうです。

（二〇一一・〇九）

モモズ

長沢橋の縁の「カンカラお花はん」の店のあった辺りで草刈りをしていた人は「灰色の小ガニをたくさん見た」と話しました。大雨の続いたあとの日照りでしたから、「モモズだ」と直感しました。三年前に高校生だった孫娘が大きなモモズを捕まえたのも大雨の翌日でした。

モモズは下浦の呼び名で、ふつうはモクズとかモクゾウガニといいます。陽気の暑いころ、野比や津久井の川の水の押し出す浅瀬の海でずいぶん捕まえました。

大きなハサミにパーマのかかった黒い毛をたくさんたくわえていて、見るからに凄みのある顔つきをしています。このところ本物とはごぶさたですが、人相のわりには茹でて食べるととても旨いカニでした。有名な上海蟹《シャンハイガニ》と同類です。

念のため市の博物館の学芸員の方に尋ねますと、「クロベンケイかと思う。モクズの仔は春に海から川に上り、ほとんど水の中で過ごす」とか、期待はずれでした。

民家の密集する津久井川の電車のガード下で「カワセミが、群れる小魚を追いかけ食べている」話も聞いたので、「山奥にいるはずのカワセミがなぜ?」と、これも学芸員の方に尋ねたところ、「今のカワセミは、護岸の排水孔などを利用して巣をつくっている」のだそうです。モモズも環境に合わせ、暮らしを変えたかも知れません。

（二〇一一・一〇）

こだわり

秋です。部屋で本を読んでいました。ひと休みしようと本を閉じると、左の中指と人さし指との間に黒い小さなごみがついています。つまんでごみ箱に捨てようとしたところ、動きます。小さな虫でした。つぶしてしまうには忍びず、窓をあけて外に放しました。どんな虫かは分かりませんが、生まれたばかりです。

（たとえどんな虫にしても少しは世間というものを見せてやりたい）そんな気分でした。

＊

ハサミ虫は、わが家の縁の下に入ろうとして、庭の草むらからコンクリの上を這って来ました。

「そんなところを歩いていたら、踏まれちまうじゃないか」濡縁《ぬれえん》に座っていたわたしは、靴の先で草むらに追い返そうとしました。

戸惑うふうのハサミ虫でしたが、思い直して、なおも縁の下に入ろうと急ぎ足で歩いて来ます。

何度も草むらに追い返そうとしました。言うことを聞きません。

「ひとの忠告はすなおに聞くものだぞ」辛抱しきれなくなったわたしは、つかんで草むらに放り投げました。しばらくして（余計なことをしたかな？）わたしは考え直しました。彼には彼なりの、こだわる事情があったかも知れないのです。

（二〇一一・一二）

いのち拾い

朝のラッシュどきです。菊名から引橋に向かう上り坂の辺りでした。

バスの後ろを走っていたダンプカーは、さきほどからアクセルを吹かして、あせっていました。

曲がり角で速度を落としたバスを、ダンプは追い抜こうとしました。

バスと横並びになったところで、前から来た車とぶつかりそうになり、いきなり左にハンドルを切ります。

バスは急停車しました。乗客は前のめりに倒れます。

ダンプは猛スピードで遠ざかりました。

軽四輪車が右側の歩道に乗り上げ、さかさまに ひっくりかえっていました。

危うく命びろいをした三十歳代と思われる血の気の退いた男の人が立っていました。

泣きはらした目の幼児を、ふるえのとまらない両腕で、きつく抱いています。

バスに乗り込んできたおばさんが、「親子とも助かって ほんとうによかった」

別のおばさんは あいづちをうちました。

バスは走り出します。

親と子の姿は、まもなく見えなくなりました。


（二〇一一・一二）

ジョニくろ

近くの量販店で洋酒の棚を見てまわりました。ジョニーウォーカーの黒ラベルを見つけ、手にして見ると二千八百八十円です。三十年前、東京のデパートでは一本一万円の超高級酒でした。あまりの安さに早速購《あがな》い、痛飲しました。

このところ円高ドル安です。一ドル七十八〜九円です。輸入物は割安に感じます。

六十六年前の敗戦から十年間ほどは、日本は食べる物も着る物も何もかも不足していました。豊かなアメリカにマグロなどを高く売り、かせいだドルで米麦を買い空腹を満たす、まことに貧しい暮らしぶりでした。

マグロの種類でもビンチョウは、特に高く外国に売れたので、この魚はダラーフィッシュの尊称を得ていました。品不足のときは一貫匁六百円（一キロ百六十円）もの、ふだんの倍ちかい高値がついて、仰天したことを覚えています。一ドルは三百六十円の固定相場でした。その頃一貫匁平均三百円（一キロ八十円）で売れると遠洋マグロ漁船の採算は取れました。安いサメは混獲せずに捨て、高いマグロ類だけ釣って一貫匁平均四百円（一キロ百六・七円）で売りつづければ、三年で船を新造できた時代です。

マグロは当時、日本の主要輸出品でした。グルメブームの今は、飛び切り高いマグロを世界各地から大量に輸入しています。

（二〇一二・〇二）

万金丹

富山の人が一手販売していた「越中《えっちゅう》富山の万金丹」という有名な気付薬《きつけぐすり》がありました。

中学生のころ、富山県出身のこわい先生がいて、奉った仇名《あだな》はマンキンでした。

漢文の授業で、先生は黒板に、「来る」と書き、

「なんと読むか？」生徒に質問をぶつけます。当然と言ったふうに、

「くる」全員が口をそろえて答えると、

「違う」大声でどなります。おじけて誰も口を閉じてしまいました。

おそるおそる手を挙げ指さされたわたしが、

「きたる」と答えると、先生は怒り出しました。

「こんなことお前ら、この男しか正解を言えないのか」

面目を果たしたわたしは、その後国語の授業を好きになりました。

正反対の経験をした友達もいます。小学校の音楽の授業で、女の先生に、

「あんた、音痴《おんち》ねえ」と言われ、

「あれから歌えなくなってしまった。あの先生の名前は一生忘れない」

いつまでも天井をにらむ表情は、傍目《はため》で見てもあまり気分のいいものではありませんでした。


（二〇一二・〇二）

フジツボ

引き潮どきは、アサリ、アカガイ、カキ、カラスガイ、マテガイなどが採れます。カニ、エビ、ウニ、サザエ、ナマコなども獲れます。獲れたての小エビやウニを海の水で洗って食べると、口いっぱいに新鮮な旨さが広がりました。

磯浜を遊び場にしていたわたしですが、三十歳で北大西洋に行くまで、フジツボが食べられるとは知りませんでした。

城ヶ島の乾ドックに、船主をしていた友達がマグロ漁船を引き揚げました。この船は大西洋から帰ってきたばかりでした。船底を見ると、プレセーベスが身を長くして、たくさん付いていますわたしは友達の了解を得て片っ端から引きはがし、わが家に持ち帰り、茹で上げ、久しぶりに堪能しました。

プレセーベスは日本で言う富士壺《フジツボ》の仲間です。東京の築地の魚市場では、一キロ三千円もする高級品種もあるそうです。

リスボンで、初めてプレセーベスにわたしは出会い、エビにもカニにも似た味の良さに驚きました。ポルトガル領の島に一年間いるあいだ、何度も買って食べました。

フジツボは船底にびっしり付着し、船の航行をさまたげる厄介物ですが、味は格別です。

（二〇一二・〇四）

うなどん

このへんでは、ウナギの仔のシラスを、メソとかメソッコかソーメンと言っていました。入梅のころ津久井の川には、ダボハゼやドジョウに混ざってたくさん泳いでいて、子供たちの遊び相手でした。昭和二十年ころの話です。

昭和五十五年、ウナギの養殖を手がけていた友人に、当時の様子を話すと、「養殖につかうシラスは冬から早春に獲る」とのこと。（わたしの勘違い？　それともシラスの成長差？）いささか自信をなくしかけました。

ところが三十二年の経った今、「遠いマリアナ海溝《かいこう》から日本に着くシラスの漁期は、地球温暖化や資源量減で、冬でなく夏に延びた」「日本の近海で孵化《ふか》するシラスもいるらしい」など新聞やテレビで報道されていて（変われば変わるもの）と思っています。

津久井川の、海岸寄りの護岸工事は五年くらいかけて昭和五十一年に終わりました。川尻《かわしり》の県営住宅は昭和五十年にできています。川の土手がセメンで固まる前の、夏の夕暮れ、メメズを餌にし釣竿を伸ばすと、三十cmほどのウナギが入れ食いだったのを思い出します。

シラスの卸相場は去年の倍の一kg（五千匹）二百十万円もしているそうです。七～八cmのなよなよした細っこいのが一匹四百二十円もするのでは、今年の夏の丑《うし》の日のうなどんは、かなりの値段ではないでしょうか。

（二〇一二・〇六）

アリラン

野比病院が海軍病院といわれた戦争中のころ、韓国の人は軍関係の建設工事に たくさん来ていました。単身赴任者は宿舎住まいでした。責任者は家族も来ていて、子供は、わたし達と一緒に北下浦小学校に通いました。

奥さんがたは野比っ川で洗濯しました。川の水はきれいでした。韓国の洗濯方法は、すりこぎのような棒で洗濯物を叩いて汚れを落とします。七〜八人が声を揃えて民謡を歌いながら洗濯する様子は 朗らかで のどかでした。

切り株に出るシイタケ探しや フナ釣りをして遊んでいる子供たちも歌声に誘われ、ふだんは聞けない異国の民謡に耳を傾けました。

「坊やたちも知ってる歌を 歌ってあげよう」と言い、アリランという恋歌を日本語で合唱して聞かせました。おやつに ミンタイの干物をくれたりもしました。

色々な野草を知っていて、わたしの母も教えてもらっていました。そのなかにヤブカンゾウもありました。ゆでて酢ミソにします。

男の人も料理上手でした。ヤギの骨を叩いて割ります。大鍋で煮込みます。塩味です。こまかく刻んだニンニクも はいります。真っ白で良い香りのする めったに味わえない旨いスープを ご馳走になりました。

（二〇一二・〇七）

もちカツオ

「近海のカツオが三崎で水揚げされた」と、神奈川新聞は一面トップで報道しました。地元業界がやる気を起こした証《あかし》です。昔の夏は、ナマのキワダとカツオで市場じゅうごったがえしました。

ナマモノですから、ぬくい風にさらすと、皮肌の色は直ぐに変わります。ぶ厚いテントを被せたり、海の水を浴びせたり、氷を嚙ませたり、朝の暗いうちから日の暮れまで、魚問屋《やど》の旦那の怒鳴り声に追いまくられたものでした。

水氷の樽に詰めた十数本のカツオですが、そのうちの一〜二本は「もちガツ」と呼ばれ、消費地では特に高く取り引きされました。見た目ではわかりません。尾をつかんで樽から引き上げます。もちカツオだけは硬くなってはおらず柔らかです。「釣られたときに何かの拍子で鮮度保持の前処理を済ませた魚ではなかったか」と、これは築地で長くセリ人をしていたその道のプロの話です。こうしたカツオは、この魚特有の旨さをまったく損なっていません。高級料亭やスシ店に飛び切りの高値で卸されます。

産地の三崎は大量の魚の鮮度を落とさず素早く全国の消費地に届ける大事な役目があります。質の良し悪しを細かく選り分ける余裕は、繁忙時にはありませんでした。

（二〇一二・〇八）

わが家のお寺さん

津久井浜駅から徒歩五分ほどの小高い丘に、往生院《おうじょういん》はあります。わが家の菩提寺です。永禄元年（一五五八）の開創と伝えられます。先のご住職は福島県生まれです。東北 北海道 樺太 関東の諸寺で修行されました。十八歳のおり機関車の火夫に職を転じましたが人身事故を見て再び仏門に入り昭和九年、往生院の住職に就かれました。お坊さんとわたしの父は明治大正昭和を生きた同世代でした。

父は熊本県生まれです。生家は保証倒れしました。逆境に耐え、昭和二十年、津久井に終《つい》の地を得ました。若いころ貨客船に乗り機関室の釜炊きをしたあたり、お坊さんの体験と似ています。

お坊さんは父の頼みを容れ、わが父母の戒名を生前 決めてくれました。墓も建ちました。手まわしのあまりの良さに、長男のわたしとしては、とまどいながら感謝しました。一刻な二人の、酌み交わしながらの昔語りは、話題の次々に湧いて出て、なかなかに尽きない様子でした。お坊さんから、もぎたての梨を頂いた覚えがあります。昭和三十〜四十年のころは蜜柑だけでなく、梨や桃も畑で作られていました。

今のご住職をはじめ、奥さんも息子さんも良くしてくれるので、安心しています。

（二〇一二・〇九）

ツナ缶

ビンチョウは胸鰭《むなびれ》が長いのでトンボともいわれます。

原料不足でツナ缶の値上げが取りざたされています。

以前のツナ缶はトンボが主原料でした。今はカツオかキワダを原料にしています。トンボが刺身に使われ出したからです。

昭和五十年ころ、メバチやキワダなど刺身用のマグロが不漁で高値がつづき、魚屋さんは困りました。

たまたま研究会に出席していたわたしが勧めたのをキッカケに、魚屋さんはトンボの刺身を売りはじめました。

赤身でないトンボを刺身で食べる習慣は、関東地方では それまで なかったのです。

食べてみると案外 旨いので、今はビントロと銘打って魚屋さんの定番になっています。

昭和二十年代のトンボは輸出用でした。ほとんどアメリカに向けて輸出されました。そのころは、刺身用より輸出用のマグロのほうが高かったのです。

裕福なアメリカ人は、好きな牛肉をたくさん食べます。お金に不自由な人たちは、鶏《かしわ》やツナ缶を食べていた、と聞いたこともありました。

（二〇一二・一〇）

馬頭観音

小原台《おばらだい》は東京湾が見渡せる広々した台地でした。今は防衛大学が建っています。ここで採れたダイコンが、三浦ダイコンの先祖と聞きます。八百年前、田畑を荒らす暴れ馬は千葉県の鴨川を追われ馬堀海岸に泳ぎつきました。水を求めて岩場を穿《うが》ち、湧き出た清水で喉《のど》を潤《うるお》しました。

のちにこの馬は、生食《いけずき》と呼ばれ、「宇治川の合戦に参戦し一躍有名になった」と平家物語に記されています。

「いけずき」という名は「すぐに食いつく手に負えない暴れ馬」に由来します。馬の掘り当てた湧き水の場所は浄林寺のすぐそばにあり、馬頭観音が祀られています。この水は百日咳に効くと言われていました。

大晦日から元日にかけ、たくさんの人がお参りに集まると聞きます。観音さまの祠《ほこら》に添って、小原台に登る細い道があります。小学生の頃、山芋掘りに出かけた秋、紫色に口をあけた鈴生りのアケビを見つけ、夢中で頬張りました。

春は今でも、世間にあまり知れていない山菜の宝庫です。

江戸時代、吉原の廓《くるわ》の三浦屋で名声を馳せた八代目高尾太夫《たかおだゆう》は、馬堀の出身だった。と三浦古尋録にあるそうです。

（二〇一二・一一）

なんふね

マグロ延縄《はえなわ》漁船を、三崎では「なんふね」と言います。縄船《なわふね》の訛《なま》った呼称です。

敗戦時の昭和二十年（一九四五）前後は、日本国じゅう、食べ物が極端に不足し、東京近辺では飢えて亡くなる人が毎日あとを絶たない有り様でした。

政府は、食糧増産に全力を注ぎました。動物蛋白の不足は、海に頼ることとし、資金面で漁業者を優遇しました。このため、戦禍で元気を失くした漁業界の立ち直りは予想外に早く、三崎の町は、マグロ景気に沸騰しました。

わたしが手鉤《てかぎ》を握りしめ、三崎魚市場に初めて立ったのは今から六十年前の昭和二十六年の秋でした。そのころの、三崎の人たちの目は、誰彼なく血走っていました。動けば金になるのですから、うかうかしてはおれません。大声が、町じゅうに充満していました。

このほど、わたしは『なんふね』と題して、一冊の本を出版しました。景気の良かった頃の、船の人たちと町の様子を まとめてみました。

合わせてサモアの様子も書きました。たくさんのなんふねが、遠いサモアまで出漁したのも、この頃でした。

書いておけば「話は残る」と思って書きました。横須賀市立南図書館（久里浜）と、三浦市図書館に寄贈してあります。お読みいただければ幸いです。

（二〇一二・一二）

へそ石

小正月《こしょうがつ》の一月十五日に、門松や神棚のお飾りを集め、御幣《おんべ》焼きをします。悪魔を追い払う火祭りです。この辺りでは野比海岸で見られます。

門松は青年団が集めました。お飾りを集めるのは子供の役目でした。家々の人は子供たちにおこづかいをくれました。

以前は陸《おか》の、村々の地境でも おんべ焼き をしました。防火に気配りをして、今は海岸《はま》に限られたようです。

早朝、燃やしはじめます。勢いのいい焚き火で焼いた餅を食べると、風邪よけになるといわれ、集まった人たちは、そのようにしました。

火力が弱まると子供たちや若い衆が、海岸に転がっている臍石《へそいし》を 放り込みました。へそ石は青い炎を上げて燃えたそうです。

臍石《へそいし》は三浦半島の珍石です。鉄岩石ともいわれる重い石灰岩です。一部が凹《へこ》んでいるところから、子産石《こうみいし》の名もあります。石の凹みは、動物の巣穴だったとする研究者もいます。

野比や長沢のへそ石は、強風が吹いたあと、たくさん打ち上げられました。

今は潮の道が変わって、だいぶ少なくなりました。

（二〇一三・〇一）

市民農園

家庭菜園を楽しむ人が増えました。

わが家の近くの貸し農園に、たくさんの人を見かけます。皆さん忙しそうです。一区画二坪ほどの耕地を何区画も借り、毎日《まいび》 精を出している人もいます。

先輩格が数人の後輩に囲まれ、土掘り種まき水やり肥料やりのコツを伝授している様子は とても長閑《のどか》です。土まみれで汗をながし 育てあげた野菜ほど旨いものはありません。

わたしは子供のころ父に教えられ、庭でコマツナをつくりました。母は「おひたし」にしてくれました。新鮮な野菜の旨さに驚いた思い出は しっかり憶えています。今は三十坪ほどの畠に四季折々の野菜を育てています。土に親しめば長生きできそうな気分にひたれます。

フランスでは昔、肉は庶民の食べ物、野菜は貴族*の食べ物でした。貴族は城の中で野菜を手づくりしていたと聞きます。ドイツは国策としての市民農園が定着していて、国の自給率に大きく貢献しています。

日本は国土の七割が森です。水も豊かです。にもかかわらず農地の一割は耕されず、農業人口は減る一方です。食糧自給率は四割の危機です。市民農園は農業の再起を図る魁《さきがけ》と言えます。

（二〇一三・〇二）

＊『それでも食料自給率一〇〇％は可能だ』永田照喜治著　小学館刊引用

豊かな海

海縁《うみべり》のガソリンスタンドで給油しました。この店の経営者は以前網元《あみもと》でした。「今も定置網をしているのか?」係りの人に訊きますと、「やめて十年以上経つ」の返事に驚きました。まったく知りませんでした。

三十数年前、現場で働いている人が「二人がかりで抱える四斗樽《しとだる》のマイワシを氷詰めにして、横浜まで車で運んで、たったの六百円。これじゃあ商売にならない」と、こぼしていたのを思い出します。こうした網の衆は東北地方から来ていました。地元に働き手が居なくなったのです。そのころの海は既《すで》に、底の一メートルほどしか澄んでいなかったらしく、かなり濁ってきていたようでした。

東京を江戸と呼んだ昔の下浦湾は魚の宝庫でした。まかせと呼ばれた紀州の漁業集団は、下浦のイワシを巻き網で大々的に獲りました。天日干《てんぴぼ》しにして浦賀に集め、関西に運んで綿花の金肥《こやし》として売りさばき、大儲けしていたのです。

「昭和十四~十五年の夏、二十~三十キロの黄肌鮪《キハダ》を大漁した」話も、長沢の網元から聞いています。

鰹竿釣船《カツぶね》が生餌《いきえ》に使う片口鰯《シコ》の生簀《いけす》は湾内の随所《あちこち》に浮かんでいて、盛漁期《りょうき》になると漁に追われる各県の漁船が生簀のまわりに犇《ひし》めいたものでした。

(二〇一三・〇三)

小公園

町の真ん中にあるこじんまりした広場です。

真向いの城が島灯台と、右手の魚市場と、左手の出港岸壁が、ひと目で見渡せる眺めは地元の自慢でした。

サバやイカの干物を売る娘さんたちの明るい声は朝早くから聞こえます。潮風に当てた一夜干《ひとよぼし》がたまらなく旨いのは、お客さんもよく知っていました。姉《あね》さんかぶりで化粧無しのきびきびした動作は、海辺の風景に良く似合いました。

公園のベンチにくつろぎ、沖の漁模様や天候の変わり様など、地元ことばで語らうお年寄りに、安らぎを覚えたものです。はしゃいで走る孫に大童《おおわらわ》のおばあさんも嬉しそうでした。仕事に追われどおしの男達は早足に素通りしました。

そんな公園も、近くのお宮様のお祭りには、ところ狭しと出店が並び、賑やかでした。綿飴《わたあめ》や色つきの雛《ひよこ》や風鈴《ふうりん》などの中で、年老いたマグロ船主は、子供相手に般若や乙女の面を売っていました。

好景気まっただ中の魚市場に、わたしが就職した今から六十二年前の、昭和二十六年の頃の話です。当時と様子は変わりましたが、公園から見る夕映えは今も見事です。（二〇一三・〇四）

わずかなずれ

わたしは九歳でした。京浜電車の、馬堀駅の近くの矢津《やんつ》にいました。自転車を乗れるようになったのが嬉しくて、帰宅すると直ぐに新品の自転車を引き出し 往来に出ました。
隣部落の竹沢《たけざわ》の、豆腐屋の角の路地に来て、坂を降りようとして、ブレーキの利かないのに気づきました。止めようにも とまりません。

勢いづいたまま突っ走り、大通りの向こうがわの石塀に激突しました。左から来た貨物自動車は、走り出たわたしに大あわてで警笛を鳴らしました。間に合わず、行き過ぎてから急停車しました。真っ青な顔の運転手のおじさんは、しばらくわたしを見ていましたが、何もしゃべらず立ち去りました。秒単位の差がわたしを助けたのです。

中学二年生になったわたしは、学徒動員に駆り出され、工員宿舎から追浜の航空廠に徒歩通勤していました。あわただしい空襲のサイレンに同級生たちは近くの防空壕に避難しました。逃げ遅れたわたしは追いつこうと駆けました。

そのとき低空で飛来した米軍機は、わたしめがけて機銃掃射し、目の前の板塀に無数の穴をあけました。わたしは竦《すく》んで動けませんでした。銃弾の僅かなずれが、わたしを救ったのです。八十二歳になった今、思い起こして背筋を寒くするできごとは、まだ幾つかあります。

（二〇一三・〇五）

お観音さま

わが家の床の間には、お観音さまの掛け軸が祀《まつ》ってあります。お姿のほとんどを経文で描いた労作です。お観音さまは、綾瀬市にある報恩寺の、ご住職だった洞源さんが描いてくれました。昭和三年（一九二八）から五年まで、わたしの両親は綾瀬にいました。

新婚ほやほやの若夫婦が子を欲しがっているのを知ったお坊さんは、安産祈願のお観音さまを描いてくれたのです。お観音さまのお腹《なか》には、わたしの母の名が記されています。

わたしは昭和六年、転居先の横浜で生まれました。

綾瀬市の方の話では、わが家のお観音さまは「洞源さんが描かれたお観音さまの中でも、初期の頃の作品と思われる」そうです。

報恩寺は、昭和十八年（一九四三）、近くにできた厚木航空隊の軍人と家族の厚い信仰を受けました。

たくさんの人が、洞源さんの書いた弾除《たまよけ》観音のお札を持って出征しました。

綾瀬市史によれば、洞源さんは、戦後も横浜駅頭で、飢えに苦しむ人たちに食べ物の炊き出しを奉仕されたそうです。

お観音さまは、やさしい顔をしています。

わたしは朝晩、お観音さまを お参りしています。

（二〇一三・〇六）

声のないひとごみ

真夏の朝の通勤ラッシュです。電車の中は満員です。どの額《ひたい》にも汗が浮いて見え、無表情に揺れています。幸い坐れました。読みさしの本を ひろげます。

しばらくすると、読んでいる本の上に、紙きれが落ちてきました。

(なんだろう?)と思って手にとると、青白い半袖の腕が、ななめ上から音もなく さがってきました。

その手は、わたしから紙を受け取り、何ごともなかったように消えました。

相手を見ないで、

(どんな人物か)想像しました。

だまって紙を受け取り、手を引っ込めるのは、年配の人には できない動作です。

細めの指は、女性のそれとは違いました。都会そだちの人でしょう。

本人を見上げました。二十歳前後の男性でした。

わたしに顔を見られ、めいわくそうにしています。

挨拶の苦手な若者気質が、彼の仕草で分かりました。

会釈か声を聞かせてくれたなら、

(笑顔で対応できたのに)と、にがい思いが走りました。

(二〇一三・〇七)

そば屋のおばさん

野良着でわが家から出たわたしに、身なりのいい婦人が、小犬を連れて近づいて来て、「この辺で待っていれば会えると思って」と言います。津久井の仲通りの、蕎麦屋《そばや》のおばさんでした。

「しばらくです。毎日《まいんち》忙しいでしょう。きょうは休みですか」挨拶しますと、「亭主が亡くなり、商いはやめた」とのこと。さほど離れていない場所なのに、おばさんの店にも遠ざかっていた出《で》不精《ぶしょう》に気づかされました。

おばさんは、小さく折りたたんだ紙をポケットから取り出し、広げ、「この本は、どこに行けば手に入《はい》るだろうか？」尋ねます。父の一生をまとめた拙作『もっこす』の新聞記事でした。一冊、差し上げました。

「あたしが八幡《や》久里浜《わたくりはま》の本店に勤めていた頃、そば好きのお父さんは、よく食べにいらした」おばさんは そう言われます。本店には父に連れられ、わたしも何度か行きました。

店の調理場に釣瓶《つるべ》井戸があって旨い冷たい水でつくる蕎麦《そば》の味は、この店の自慢でした。ついこないだ、ひさしぶりに、おばさんのいた店の前を通りました。別の商いの看板がかかっていて、おばさんの姿は、見えませんでした。

（二〇一三・〇八）

にらめっこ

子供のころ、弟と取っ組み合いの喧嘩をしたことがありました。猟犬のクロは仲に入って懸命に止めました。これには驚きました。

犬をひどくきらう郵便配達のおじさんがいました。犬が吠えると身ぶるいをしてこわがります。犬のほうも、おじさんが来ると目の色を変えて吠えつづけます。おじけた目をするのが原因ではなかったかと思いました。

子供たちがこわがる大きな犬が近くにいました。たまたまわたしが弟と歩いていると、その犬が野放しのまま真正面から歩いてきました。

「犬は見据えれば逃げる」

と父が言ったのを覚えていたので、弟の手前、かっこいいところを見せようと思ったわたしは、獰猛《どうもう》な犬の前に立ちはだかりました。

見るからに ずでかい当の犬は、低い唸り声をあげ、挑みかかる姿勢を 何度もしました。

（ここで ひるんだら咬みつかれる）と思ったわたしは、必死で睨み返しました。

しばらくすると その猛犬は「ひいっ」情けない悲鳴をあげ しっぽを巻いて逃げ去りました。疲れが、いちどきにわたしを襲い、

（もう金輪際 こんな真似はしたくない）と後悔しました。

（二〇一三・〇九）

ひがんばな

朝早くからアマガエルの声です。ひと雨降ってカエルも ほっとしたのでしょう。彼岸花《ひがんばな》が咲きました、いつものことながら、深みのある紅の色と、人智を超えた造形美に脱帽です。

数十年前までは、時季になれば、田んぼの畦《あぜ》や陽あたりのいい野原に群生していました。今、このへんでは、ほとんど見かけません。名を忌む向きもありますが、きれいなものはきれいです。

名前で思い出しましたが、江戸のころは、マグロをシビといいました。この名をきらって、将軍や大名など お偉いさんは、マグロを食べませんでした。今はどうでしょう。金と暇を持て余す食通は、「あぶらギトギト」のメタボマグロを追いかけて留まることを知りません。

彼岸花に話をもどせば、色も形も異国ふうなこの花に、米味噌醤油《こめみそしょうゆ》を主食としていたむかしの日本人にしてみれば、にわかに なじめなかったのでしょう。時代の変わり様からして、もう そろそろ、ひがんばなを温かな目で見ても いい時機ではないでしょうか。

わが家の彼岸花は、日本古来の薄《すすき》や萩《はぎ》にまじって、いつも仲良く咲いていています。

（二〇一三・一〇）

おぶり

晴れ着の娘たちが歌い手の音頭に合わせて舞うちゃっきらこは、三崎の素朴な舞踊です。平成十五年、ユネスコ（国際連合教育科学文化機関）の無形文化遺産に登録されました。毎年一月十五日に、海南神社に奉納されます。

神社には、藤原資盈《すけみつ》公と、夫人の盈渡姫《みつわたひめ》も祀られています。姫が、地元の娘たちに、ちゃっきらこを手ほどきしたと伝えられます。

資盈公は、藤原鎌《かまたり》足公の血を引く高貴な方でした。九州の大宰府《だざいふ》にいました。皇位継承の争いで討手を差し向けられ、海に脱出しましたが、大時化で流されました。

一行五十六人が三崎に漂着したのは貞観六年（八六四）十一月一日でした。千百年以上も前のできごとです。

後年、地元の豪族香能《かのれ》連らにより「神社に祀られた」と、郷土史にあります。

神様にお供えする魚をおぶりと言いました。カツオは心臓《ほし》を、マグロは胃袋《わた》をお供えするのが慣わしでした。いずれもおいしいところです。

日本から遥か遠いサモアの島で聞いた話ですが、彼の地の漁人も沖から帰ると、最高神であるタガロアに必ずカツオをお供えしました。神様に魚をお供えして、航海の安全と大漁を祈るのは、どこの土地の漁師さんも「気持ちは同じ」でした。

（二〇一三・一二）

富士山と武山

地元の人が親しみをこめて「ふじやま」と呼ぶ三浦富士のお祭りは七月八日です。標高は百八十三メートルです。津久井浜駅の、すぐそばにある浅間神社は、昭和三年まで山の登り口にあったそうです。今は鳥居が立っています。

登り道の脇の鬼谷戸《おにげと》に、用水池があります。この池の、沢の崖から取れる泥岩《どたん》を粒にしたような マメノコは、菊づくりに欠かせない土質《つちめ》でした。昭和二十～三十年まで、下浦の農家は、菊やアネモネなどの切り花を栽培し、卸市場に出荷していました。

初夏、ふじやまの裾に広がる緑一色の萱場《かやば》に点々と咲く真っ白なヤマユリを、心洗われる思いで見つづけたあのころの景色は、今も忘れるものではありません。

いい、いい、ふじやまから砲台山を抜け、武山《たけやま》に着きます。お祭り日は一月二十八日です。標高は二百六メートルです。

むかし日本武尊《やまとたけるのみこと》が遠征の折、山の頂から房総を見渡したという言い伝えで、山の名前がつけられました。

お祭りには大勢の人が来て、お土産の麩菓子《ふがし》を買いました。麩は魚に見立て、麩の付いている竹は釣竿に見立てた豊漁豊作の縁起物でした。飲み過ぎた大声などを静めたりするのに、お巡りさんも来ていました。

（二〇一四・〇二）

ジベタリアン

汽車から外景色を眺めました。古木に囲まれこじんまりした赤い鳥居の社《やしろ》が見えます。まわりを掃除し終えたらしい頭に手拭いを巻いた数人が、地べたに茣蓙《ござ》を敷いています。あねさんかぶりの奥さん方や娘さんたちは、煮物や一升瓶《いっしょうびん》を運んでいます。飲み会を始めるところだったのです。

四〜五日して、せがれと近くを再び車で通りかかりました。同じ場所の社《やしろ》の広場で、子供たち十人ほどが、べったり座り込み、はしゃいでいます。

「ズボンがよごれるのに」とわたしが言うと、「地面に直《じか》に座れば ひんやりして気持ち いいんだ」せがれは そう言いました。(なるほど そうだった)と思ったり、(いつのまに、せがれに教えられるとしになった)と考えたり、地息の温《ぬく》もりを感じたものです。

コンビニ前などで輪をつくり座り込み、何か食べたりしながら話し合っている小、中学生たちをジベタリアンと言っていました。下火にはなりましたが今でも時々見かけます。

だいぶ前に、同じ体験をしたらしい孫娘によると、「顔見知りの先生や年長者に見つかれば叱られるかもしれない、ちょっとした背徳の楽しみ」を味わったのだそうです。

遠い昔、父母、妹、弟たちと、野山で食べた おにぎりの旨さを思い出しました。

(二〇一四・〇二)

うめぼし

戦争酣《たけなわ》の頃、梅干しは、とても大事な食べ物でした。子供だったわたしは、その梅干しが大の苦手でした。

強制する父には泣き喚いて抵抗し、母の小言も頑《かたく》なに拒みつづけました。

困り果てた父は、懇意にしていた近所のご隠居さんに相談しました。

「そうした事は多数《おんめろ》 子供《がき》ぃ 育てた 当家《うち》の細君《ばあさま》の お手のもんだ。おめぇさんとこのせがれぇ小学校《がっこ》からの帰路《けえり》に、うちに寄らせたらいいよ、なんとか すっから」

というわけで、両親から言いつけられたわたしは、しばらくのあいだ、爺ちゃん婆ちゃんと昼餉《ひるげ》を共にすることになりました。

どんな手なづけ方をされたか今となっては残念ながらすっかり忘れてしまいました。

まもなくわたしは、梅干しなしではごはんをたべられないくらい、梅干し大好きになっていました。

わたしの祖父母は、夫々《それぞれ》 熊本と 岩手と、遠い土地にいて、身近に接する機会は、ほとんどありませんでした。

年寄りの言うことをわたしがすなおに聞いたのは、両親とは また別な、落ち着いた気分になれたからだと思います。

（二〇一四・〇三）

しいのみばたけ

わが家の小さな畠には毎春、アシタバとノラボウナが芽吹きます。孫たちが「おいしい」と喜ぶので、欠かせません。

地元ことばの「しいのみばたけ」は「汁の実《み》にする野菜をつくる畠」という意味です。売り物の作物ではなく、家族で食べる野菜類《はもの》を採る畠です。住まいのすぐそばにある小規模な農地のことです。

毎日 食卓にのぼる汁の具ですから 一種類を大量には作りません。多種類の青物を少しずつ育てます。わが家の「しいのみばたけ」も小さな空間に色んな野菜が育っています。

お世話になっているフラダンスの先生に採れ立てのアシタバを家内が差し上げたところ、「最高のぜいたく」とほめられました。

外地旅行が多く いつも美味に接しておられる先生に素食をほめられ嬉しくなりました。

昭和四十五年頃、城ヶ島燈台の看守さんからアシタバの種を分けていただき蒔きました。芽を出しません。苗をもらって大事に育てたところ、そのうちの一本に花が咲き種をつけました。それからというもの、わが家に根付いたアシタバは数を増やし もりもり育っています。アシタバは、なかなか場所に なつかない野草のようです。わが家に居着いてくれて本当によかったと思っています。

(二〇一四・〇四)

頑固者の笑顔

今年も桐の花がきれいに咲きました。

初めてこの花を見たのは母校の中庭でした。いつか わが家にも桐の花を咲かせ じっくり眺めてみたいと、そのとき思いました。半世紀後に、その思いは叶いました。

当時の食糧不足は深刻でした。母校の庭は畠に変わりました。

夏から秋に移るころ、鍬《くわ》と篭《かご》を持つ作業着姿の村井先生と、たまたま路上でお会いしました。「今は何をさておいても、食べて生き抜くことを考えねばならない。わしはこれから借りた畠に薩摩芋を掘りに行くところだ。君も来るか」分けて下さるとおっしゃいます。(市内におられる先生より、田舎に住むわたしのほうが、多少なりとも食べ物には恵まれているのに)と思ったわたしは、痩《や》せてしまわれた先生のご好意を辞して別れました。

きびしい先生でした。学徒動員中、怠けてどなられた覚えがあります。

いつも怒っているような彫りの深い顔立ちでしたが、稀に見せる笑顔は、頑固な男の魅力にあふれていていました。

桐の花を見るたびに、当時の食糧難と、先生の温顔が よみがえります。　(二〇一四・〇六)

やりさび

家内が、ハワイのフラダンスの資料をめくっています。わたしが覗くと、「お経みたい」と言いました。古典の音曲だそうです。わたしは、サモアにいた五十八年前を思い起こしました。サモアでも、フラダンスは盛んです。

年配の現地人だけの昼食会に招かれたときでした。日本人はわたし一人でした。

作詩家のサモア紳士が独吟を始めました。日本のお坊様の、読経に似た節まわしです。

「大事に受け継がれている古い歌」とのことでした。

わたしは返礼に、サモアの歌の節まわしに似た日本の槍錆《やりさび》を披露しました。

「槍は錆びても名は錆びぬ。昔忘れぬ落とし差し」吹き荒ぶ寒風《かんぷう》に頬《ほほ》打ち晒《さら》す痩身《そうしん》の古武士を彷彿させた、わたしの好きな端唄《はうた》です。

歌い出しは静かでしたが、そのうちくすくす笑う声が聞こえました。すると詩人は、

「なんで君ら、この男の歌を真面目に聞こうとしないのだ」涙を流しての怒声です。

わたしの首に腕をまわし顔を寄せ、「済まない。許してくれ」英語まじりのサモア語で繰り返します。ほかの人たちはうなだれていました。

わたしの歌を認めてくれたのは有難かったのですが、当時の様子を思い出すたびに、わたしの頬は火照《ほて》ります。

（二〇一四・〇七）

終戦の頃

昭和二十年八月十五日、日本は連合軍に全面降伏しました。詔勅のラジオは、学徒動員先の追浜航空廠で聞きました。

その数日前から厚木航空隊では反乱計画が起きていたそうです。航空司令の大佐は元ラバウル基地の猛将でした。終戦の五年前から、厚木基地内の十六㎞にわたる地下壕に主要機器の全てを収納、海軍最強の防空戦闘機部隊を編成していました。司令はポツダム宣言受諾を「君側の奸計」と断じ、「降伏は国体の破滅」と主張。木更津からマニラに向け飛び立つ、降伏文書を携《たずさ》えた軍使搭乗の軍用機を撃墜するつもりでした。

司令は過労でマラリヤを再発、高熱の錯乱状態に陥り、麻酔注射で昏睡のまま野比病院に収容され、八月二十五日に叛乱*は終息しました。

軍国主義で固まっていた教育は、終戦以降反転。教職も生徒も手探りで、新しい思想に慣れるまでには、かなりの時間が必要でした。

そのころ津久井の海岸に来たアメリカ兵は子供たちを集め菓子を配りました。甘い物に飢えた子どもたちは両手を伸ばし ねだります。その様子を米兵の一人は笑みを浮かべ写真を撮っていました。大陸で勝戦《かちいくさ》をつづけたころ、日本兵が同じようにしていた映画を何度も見せられたわたしは、敗北の屈辱を噛みしめました。

＊県警察史引用（二〇一四・〇八）

最高に旨かったマグロの刺身

わたしが三崎の魚市場で手鉤《てかぎ》を振るって働いていた昭和二十七年当時、水揚げされるマグロは氷蔵か冷蔵でした。

午前四時《よじ》前後から始まる仕事の合間に朝食を摂る六時ころ、漁の船がくれた小さな黄肌《キワダ》を刺身にして大皿に盛り、同輩たちと銀飯《ぎんめし》を掻っ込んだ そのときの旨さは、たとえようもない最高の美味でした。

流れの早い、水の冷たい海で獲れた小キワダは、身の締まった肌理《きめ》の細《こま》い淡泊な味です。

わたしは体力の漲《みなぎ》る二十歳代、しかも空腹、それに米の飯は滅多に口にすることのできない食糧難の時期でした。こうした原因も重なってのことでしょうが、わたしは、当時の味を、今も忘れては居りません。

つい先日、「一度も冷凍していない刺身」というテレビコマーシャルに驚きました。なんと、サーモンの刺身の宣伝文言です。

冷凍すれば、きめこまかな味わいは消えてしまいます。

「近い将来、マグロは、サーモンに、刺身売上首位の座を奪われるかも?」と、養殖を手掛けている人から聞いたのは八年前でした。

旨い生《ナマ》のマグロを、改めて見直す時機に来ています。

(二〇一四・〇九)

虫しぐれ

昨日の朝早く、遠慮がちに鉦《かね》を叩いているような虫の声を、夢現《ゆめうつつ》の内に聞きました。

静まりかえる空気のなかで、虫の音に耳を澄ますのは心地《ここち》よいものです。

今朝も、ほぼ同じ時刻に、天井のあたりからカネタタキの声が聞こえました。

まだ外は蒸し暑く、

(涼しい部屋に虫も避暑か?)と思ったりしました。

毎年、初秋のわが家には、ウマオイ(スイッチョ)が来ていました。今年はウマオイにかわって、カネタタキが来たようです。

わが家の庭の雑草は茂り放題です。好きでそのようにしているわけではありません。草むしりが面倒なので、そうなっているだけです。

庭の虫たちにはこれが好都合のようで、茅《ちがや》の原の伸々広場《のびのびひろば》(孫たちの呼称です)には、トノサマバッタやオンブバッタがいつも元気に跳ねまわっています。

庭のキリギリスやアオマツムシは、まもなくにぎやかになるでしょう。

土手のコオロギは、すっかり秋になってから、元気を出します。今はまだ控えめです。

コオロギは、盛りどきの大合唱よりも、晩秋のとぎれとぎれの風情のほうが、わたしの好みです。


(二〇一四・一〇)

七五三と漢方薬

父母に伴われ、三歳のわたしが、浦賀に来たのは昭和八年（一九三三）でした。わたしの七五三のお祝いを、両親は叶神社にお願いしました。お祓《はら》いのあと、シラハ蜜柑を撒いて境内の人たちに祝ってもらいました。蜜柑を拾う人の中に従弟《いとこ》がいて、頭から血を流して泣き出し「誰か石をぶつけたのでは」と大騒ぎになりました。病院に担ぎ込んだところ、頭の吹き出物に蜜柑が当たった出血と分かり、騒ぎは収まりました。

＊

年老いたわたしの母は、座椅子に凭《もた》れ、のど自慢のテレビを見ていました。三人の子持ちの若い母親が合格し、「みんな丈夫な子に育ってくれるように、毎日呑龍《どんりゅう》様にお参りしています」と司会に話すと、わたしの母は何度もうなずきました。

浦賀の東《ひがし》集落にも呑龍様のあったことに気づき、探したところ、専福寺と分かりました。夕刻、お線香の煙で先が見えないほどの賑わいの中、わたしは母に手を引かれ、呑龍様から虫下しの漢方薬を頂いた昔を思い出しました。

対岸の西浦賀には少年刑務所の武蔵《むさし》が接岸していました。千五百トンのこの船は、元は軍艦だったそうです。ときどき生徒が逃亡しました。見つかるまで、町の人は外出を制限されました。

（二〇一四・一一）

したづみ

学校を卒業し、わたしが初めて就職した漁協の専務を、

「事務屋の世界で 相当 苦労をした叩き上げ」だと父は言いました。ひとあたりのいい 腰の低い専務でしたから、武骨の父が一目《いちもく》おくような人とは、わたしには とても思えませんでした。

三年あまりで現場の重労働に音《ね》をあげたわたしは、

「事務の仕事に替えて下さい」と専務に頼みました。時期をみて事務所勤めにする 約束だったからです。

白髪の専務は 七十歳を超えていたでしょうか、親身《しんみ》の口調で わたしを諭《さと》しました。

「若いうちに下積みの時間を長く持てるのは幸せなのだ。下積みが長いほど、あとあと良い仕事ができる」

当時の魚市場《いさば》の一部始終を今でも逐一《ちくいち》思い出せるのは、現場の貴重な体験があったからでしょう。

勤め先で、別の大先輩から、

「ひとつでもいい、誰にも真似のできない特技を持て」と言われたこともありました。

父は作文が得意でした。小学生だったころのわたしを、拳固つきで鍛えました。

書くことは、今のわたしには、生きがいにもなっています。

（二〇一四・一二）

塩の泉

日本人は塩分を一日六グラム未満に留めるべきところ十二〜十四グラムも食べているそうです。食べ過ぎは体をこわします。とは言え、塩不足となると、これは深刻です。

終戦時は食べ物に限らず塩も不足していました。津久井の浜で海水を汲み上げ塩づくりをしている人たちを見ました。

終戦一年前（一九四四）のインパール作戦では、日本軍は無謀な戦いで多くの犠牲者を出しました。弾丸や食糧の補給がつづかなかったからです。もちろん塩も不足しました。

「塩が欠乏すると、負傷兵の出血が止まらない。海から遠い難路を登り降りするのに足がふるえ、まともに歩けなかった」わたしの娘の、亭主のおやじさんは『ビルマ戦記』でこのように述べています。戦いに巻き込まれた小王国の王女とその一族をかばったお礼に、秘密の塩泉を教わり、助かったとも書いています。

昭和初期、横浜に入港した大型船の荷は、屈強な沖仲師《おきなかし》たちが肩に担いで陸《おか》に引き揚げました。夏の盛りには「大ざる」の塩をわしづかみして口に放り込み、ひしゃくで水をがぶ飲んで作業をつづけました。当時大桟橋《おおさんばし》の近くで仕事をしていた父から聞いた話です。

大正の頃まで、長井の、今は自衛隊になっている林《はやし》集落の浜は、塩田だったそうです。

（二〇一五・〇一）

初セリ

今年の築地市場の初セリは青森県大間《おおま》港の一四百八十キロのクロマグロが四百五十万円でした。一キロあたり二万五千円です。大変な高値です。

ところが一昨年は同じ大間産の一四二百二十二キロのマグロがなんと一億五千五百四十万円。史上ダントツの最高値で取り引きされました。一キロあたり七十万円です。東京の寿司チェーン店と香港《ほんこん》企業との意地の張り合いでした。

とんでもないこうした高値がついた数年前から、金に糸目をつけない外国の豊かな人たちの意思が露骨に表面《おもて》に現われ、「マグロに限らず、飛び切り上等な魚は日本人の口に入らず、みんな空を飛んでいってしまう」苦情を、しばしば耳にしました。

都民の食を守る筈《はず》の卸売会社からは「高い値段をつけた買い人に売らないわけにはいかない」理非曲直を忘れた釈明が聞こえて来そうです。外資の息のかかった買い人のセリ落とした魚は否応なく都民から離れ他国に運ばれます。

奮起した東京のチェーン店が採算度外視で「最高級の品は日本人が食べる」挙に出て思いっきり値を吊り上げ、とどのつまり、あちらさんが折れた、というのが真相でした。

筋を通した商いに、わたしは外野《がいや》からエールを送ります。

（二〇一五・〇二）

としおとこ

正月飾りをして、豆まきもして、災いを払う、その年の干支《えと》に生まれた男性を、昔、武家社会では「としおとこ」と言ったそうです。

今年の干支は羊です。わたしは「ひつじどし」生まれです。今月、八十四歳になります。

生まれた昭和六年（一九三一）は、満州事変勃発。

十二歳だった昭和十八年（一九四三）には、山本五十六《いそろく》連合艦隊司令長官戦没。

二十四歳だった昭和三十年（一九五五）は、水爆実験禁止世界大会。

三十六歳の昭和四十二年（一九六七）は、全学連デモ隊と警察機動隊の激突。

四十八歳の昭和五十四年（一九七九）は、第二次石油不況。

六十歳の平成三年（一九九一）は、バブル崩壊。ソ連解体。

七十二歳の平成十五年（二〇〇三）は、株価低迷最安値。米英軍のイラク攻撃。

平成二十七年（二〇一五）の今は、環境浄化、自衛力増強、人口保持、地方創成等が論議中です。

いろんな出来事《できごと》が起きました。

（よくぞ ここまで生きてこられた）とは思いますが、さらに次の干支を目標に、せいいっぱい がんばります。

（二〇一五・〇三）

友

先ごろ、喧嘩友達だった男を、わたしは突然 失いました。

◇わたしが師と仰ぐ先輩を、彼は酒の席で、「校長なんか辞めてしまえ」あしざまに罵倒したらしく、こぼされたことがありました。「灰汁《あく》の強い男ですが、わたしにとっては、かけがえのない友です。勘弁して下さい」先輩は、うなずいてくれました。

◇マグロ漁業からイカ漁業に転換し、ようやく陽《ひ》の目が見えた頃、「倒産寸前のとき、世間の誰もが俺にそっぽを向いた。ひとっちゃ態度を変えんかったんは、お前だけだった」彼は わたしに、そのように言いました。

◇商社系企業を定年退職したわたしは、やることなすこと大当りしている彼の会社に、頼んで再就職しました。定期昇給時、わたしに限り雀の涙です。対面上、苦情《クレーム》しました。ワンマン社長だった彼は、「嫌なら辞めなよ」さりげなく言います。

「縁を切るいうのか。いい度胸だ。やってみろ」居直りました。彼は渋々、わたしの言い分を容れました。さぞ使いにくかったことでしょう。少しく、反省しています。

急な他界を彼の長男から知らされ、「元気だった頃の父を本にしていただき家族一同感謝して居ります」の挨拶を受け、友の冥福を わたしは祈りました。

（二〇一五・〇四）

動中静

わたしが二十五歳のときでした。マグロ漁船の出港宴会に招かれました。漁船の事務所にいる五十歳前後の人と初めて話しました。ついこないだ三崎に来た人らしく「和歌山では俳句をしていた。三崎の町の騒がしい雰囲気では、句をつくる気持ちになれない」と俳人は嘆きます。「こうした場所でも詩歌《うた》はつくれると思います」酒の勢いもあって わたしは言い返しました。「機会を見てまた話しましょう」俳人は笑って言いました。その後、数日して、「彼の地では、かなりの有名人」当人の親戚から そう聞かされ、わたしは顔を赤くしました。

あれから五十九年が経ちました。三崎の町は、そのころよりだいぶ落ちつきました。が、かの俳人の好む静けさには、まだ ほど遠いかも知れません。ですが、わたしは今も、市場内の、「騒がしさのなかの静けさ」を思っています。

喧騒のさなか、人も物も一瞬 動きを止める情景がありました。聞こえるのは、太い蛇口から吹き出る海水音だけでした。その水の音も、深山《みやま》の渓流と聞きました。

さざなみは うわさ話をささやきつづけます。白灯台を抜け 沖に向かう出漁船の笛声。

城ヶ島大橋から見る小さな建物の数々。こまめに動く なつかしい人影。

時々の風情を、わたしは これからも大切にします。

（二〇一五・〇五）

あとがき

☆いさば界わい
昭和五十五年（一九八〇）四月〜昭和五十八年六月、三崎船長漁撈長協会誌「航跡」に連載した随想から選び、その後の資料も加えて まとめました。

☆折々の思い
家族、友人、知人への思いなど、走り書きから選んでまとめました。
平成二十二年（二〇一〇）四月刊『歳月の彩り』の続編です。

☆里山に浜風
平成二十二年（二〇一〇）六月〜平成二十七年（二〇一五）五月、三奈不動産㈱の広報誌に月々連載した随想から選んで まとめました。『歳月の彩り』の続編です。

篠原陽一社長にお世話をかけました。

☆本著の校正と編集は㈲アーツアンドクラフツ小島雄社長にお世話をかけました。

☆表紙の写真

表は望月英夫氏（海鳥研究家）にお願いしました。

裏は筆者が撮ったザリガニです。見た目も味も イセエビです。

田山　準一（たやま・じゅんいち）
1931年、横浜に生まれる。48年、神奈川県立横須賀中学校卒業。52年、第一水産講習所（現・東京海洋大学）漁撈科を卒業。同年、三浦市三崎魚市場内の神奈川県鰹鮪漁業協同組合に入社し、22年間にわたり海外基地事業、卸売事業に従事する。75年、商事系企業に入社し、マグロの保管・加工・販売実務に従事する。87年、国際漁業開発協会常任理事に就任。遠洋イカ漁業の運営に携わり、90年に辞任。
著書に『サシミまぐろ』（日本セルフサービス協会、79年）、『マグロの話』（共立出版、81年）、『続マグロの話』（共立出版、82年）、『いさば』（主婦の友社、87年）、『漁人の闘い』（アドリブ、92年）、『三崎マグロ風土記』（99年）、『もっこす』（2005年）、『歳月の彩り』（2010年）、『なんふね』（2012年）（以上アーツアンドクラフツ）がある。

続《ぞく》 歳月《としつき》の彩《いろど》り

2015年5月15日　第1版第1刷発行

著者◆田山　準一
発行人◆小島　雄
発行所◆有限会社アーツアンドクラフツ
東京都千代田区神田神保町2-2-12
〒101-0051
TEL. 03-6272-5207　FAX. 03-6272-5208
http://www.webarts.co.jp/
印刷　シナノ書籍印刷株式会社

落丁・乱丁本はお取り替えいたします。
ISBN978-4-908028-07-6 C0095